U0093480

國際學術研討會

古龍武俠小說 領先時代半世紀

【記者賴素鈴／報導】江湖代有才人出，這廂古龍凋零二十載，那廂今朝懸賞百萬獎新秀，浪淘不盡，唯有武俠熱愛，不隨時間變易，在學術研討會上更見分明。以「一代鬼才：古龍與武俠小說」爲主題，淡江大學第九屆文學與美學國際學術研討會昨起在國家圖書館，展開爲期兩天的議程，紀念武俠小說家古龍逝世二十周年，新生代學者與古龍故舊齊聚一堂，以文論劍話武俠。

日前與淡大中文系教授林保淳共同發表《台灣武俠小說發展史》，武俠小說評論家葉洪生昨天在專題演講中，直批胡適1959年底發表「武俠小說下流論」是「胡說」，學界泰斗的不當發言以及隨即展開的「暴雨專案」，反而促成1960年起台灣武俠新秀的繁興，「武俠小說迷人的地方，恰恰在門道之上。」，葉洪生認定，武俠小說審美四原則在文筆、意構、雜學、原創性，他強調：「武俠小說，是一種『上流美』。」

集多年心血完成《台灣武俠小說發展史》，葉洪生認爲他已爲從十歲起迷上武俠小說的半世紀畫上完美句點，並且宣布他「以後決心退出武俠論壇，封劍退隱江湖」。

雖然葉洪生回顧武俠小說名家此起彼落，套太史公名言「固一世之雄也，而今安在哉？」，認爲這是值得深思的嚴肅課題，昨天意外現身研討會而備受矚目的溫世禮，則爲了紀念同是武俠迷的哥哥溫世仁，推出第一屆「溫世仁武俠小說百萬大賞」，即日起至今年10月3日截止收件，經兩階段評選後於明年12月7日公布首獎得主，預料將會是一場武林新秀的龍虎爭霸戰。

看明日誰領風騷？風雲時代出版社發行人陳曉林眼中的古龍，其實領先他的時代半世紀，以致如今雖然古龍逝世20年，陳曉林認爲大家對古龍的了解仍然有限，預言未來世代更能和古龍的後設風格共鳴。

昨天這場研討會，也凸顯武俠小說作爲一項文學研究門類，仍有待開發學習空間。多位與會者都指出，武俠小說的發表、出版方式和管道具考證難度，學術理論與論文格式的建立待加強。而武俠名家的版權之爭、市場競爭力，也增加出版推廣困難，古龍武俠小說的版權糾紛、司馬翎作品的版權官司也成爲研討會的場外話題。

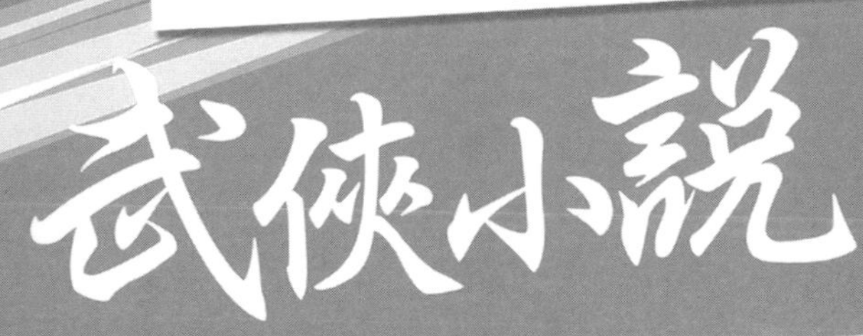

第九屆文學與美

古龍兄為人慷慨豪邁、跌蕩自如，變化多端，文如其人，且總多奇氣，惜英年早逝，余與古兄當年交好，且喜讀其書，今除不見其人，又無新作可讀，深自嘆惜。

金庸

一九九六．十．十一．香港

金庸

古龍集外集 8

驚魂六記之

無翼蝙蝠（下）

古龍——創意
黃鷹——執筆

古龍集外集 8

驚魂六記之

無翼蝙蝠（下）

目・錄

十一 蝙蝠之謎

水煙一分即合，人舟俱杳。

蕭七、雷迅、韓生三人看在眼內，卻又無可奈何，在他們附近，一葉小舟也沒有。

他們當然也不能飛翔。

雷迅面色鐵青，嘶聲狂吼道：「蝙蝠——你聽著，就是下地獄，上刀山，雷某人也奉陪！」

蝙蝠竟然聽入耳，怪笑著應道：「歡迎歡迎！」笑語卻已是那遙遠。

雷迅更怒，看樣子便要衝進江裡去，旁邊韓生慌忙一把拉住，道：「大哥不要這樣衝動！」

蕭七亦說道：「江上並無他舟，我們只好暫時放過他。」

雷迅恨恨的道：「無論如何，我也要將這個老匹夫找出來！」

韓生道：「我們有的是時間，多的是機會。」

雷迅重重的吐了一口氣，道：「老二，你看這廝到底是人是鬼？」

韓生一怔，道：「是人。」

雷迅轉問蕭七：「蕭兄的意思又如何？」

蕭七道：「與韓兄一樣——鬼神之說，原就無稽，縱然真的有鬼，這蝙蝠真的並非一個人，又何須這樣子躲避我們？」

韓生撫掌道：「蕭兄說的是。」

雷迅道：「可是江湖傳言這蝙蝠……」

韓生道：「江湖傳言又焉能作準？」

雷迅道：「我們卻與他並無任何仇怨。」

韓生皺眉道：「這個人倘若真的是那蝙蝠，無論他做出什麼事情，都不足為怪。」

雷迅道：「你是說……」

韓生道：「傳說中，這個人邪正不分，做事只憑一己的喜惡，而且有時候，簡直就像是一個瘋子。」

蕭七插口道：「這一次他的攔途殺人，目的顯然就是在雷鳳姑娘了。」

韓生道：「他殺人無疑就是為了滅口，現在的突然出現，顯然是知道秋菊未死，以為我們已經知道了是他的所為，索性就不再隱瞞了。」

雷迅道：「那廝的消息這麼靈通？」

韓生道：「他方才的話其實應該很清楚。」

蕭七沉聲道：「卻幸好他的消息還不算太靈通，否則他現在非獨絕不會在我們面前出現，而且必會偷進鎮遠鏢局去。」

雷迅道：「幹什麼？」

「殺秋菊！」蕭七道：「只要他將秋菊殺掉，所有的線索便又中斷。」

雷迅聳然動容，道：「不錯！」

他的目光再落在那條斷臂之上，既憤怒，又疑惑的道：「卻不知他將鳳兒的右臂斬下來，有什麼作用。」

蕭七道：「就是讓我們知道，事情是他做的，鳳姑娘是落在他的手上。」

雷迅恨聲道：「這只要說一句話便已足夠。」

蕭七道：「這與其說是他惟恐我們不相信，毋寧說這個人的腦袋有問題，一個正常的人，是絕對不會這樣做的。」

雷迅連連點頭，道：「不錯——方才我實在給他嚇了一大跳。」

蕭七道：「又豈獨前輩而已，他看見我們吃驚，顯然很開心。」

韓生道：「這顯然才是他的目的。」

蕭七道：「方才他說已將鳳姑娘送回去鏢局。」

雷迅道：「他是這樣說——」一頓嘆息道：「雖然沒有了一條右臂，只要保得住性命，亦是不幸之中的大幸。」

蕭七沒有作聲，韓生亦沉默了下去。

雷迅看了他們一眼，眼瞳中忽然又露出恐懼之色，目注韓生，道：「二弟，你說是不是？」

韓生點頭。

雷迅轉望蕭七，還未開口，蕭七已嘆了一口氣，道：「有些話我不該說的，可是，卻又不能不說。」

雷迅道：「只管說。」

蕭七道：「我要說的前輩其實也明白。」

雷迅苦笑道：「老夫本與你一樣，是一個直性子的人，可能是在這種情形之下，也只好騙騙自己。」

一頓接道：「你是否要說，蝙蝠雖然說已經將人送回去，卻沒有說送的是一個活人還是死人？」

蕭七嘆息道：「這個人我雖然所知不多，但以我所知，他斬去別人的一條臂膀，就絕不會讓那人活下去。」

雷迅仰天望一眼，道：「無論如何，我們只要回去鏢局就知道了。」

這句話說完，他霍地轉身，原路走回去。

蕭七、韓生亦步亦趨，腳步沉重。

心情同樣沉重。

司馬東城仍站立在原地，看見三人回來，吁了一口氣，才問道：「蝙蝠逃去了？」

蕭七道：「林外是一條大江。」

司馬東城道：「蝙蝠已準備好了船隻？」

蕭七點頭。

司馬東城轉問雷迅：「那真的是令千金手臂？」

雷迅道：「蝙蝠承認是從我女兒身上斬下來的。」

「那麼人呢？」

「已送回鏢局，卻不知怎樣送回而已。」雷迅面容沉重，霍地躍上坐騎。

司馬東城道：「我們要趕去鏢局一看了。」

語聲未已，人已掠進車廂。

雷迅一騎亦已奔出。

天已大亮，鎮遠鏢局大堂燈火未滅，光如白晝。

堂左一排棺材，載的是死在王無邪手下的眾鏢師，堂右橫七豎八，盡是死在蝙蝠手下的一眾的屍體。

雷鳳的屍體被放在堂中八仙桌之上，一個身子被斬成六分。

蝙蝠送給雷迅的那條右臂，果然是雷鳳所有。

殺人不過頭點地，這簡直就是瘋子所為。

蝙蝠也的確沒說謊，除了那條右臂，雷鳳其餘的部份已經送回鏢局。

卻是這樣送回來。

雷迅早已有心理準備。

準備蝙蝠送回來鏢局的是雷鳳的死屍。

卻怎也想不到是一具碎屍。

看見了那具碎屍，他整個人就呆住，呆到現在，呆了差不多有一盞茶的時候。

所有人都靜下來，韓生也沒有例外。

司馬東城偎在蕭七的懷中，一個身子微微在顫抖。

蕭七劍眉緊鎖，若有所思。

整個鏢局的大堂陷入一片接近死亡的靜寂中。

風穿堂戶，幾片落葉隨風舞進，那種死亡的氣氛也就更濃重。

落葉原就是死亡的象徵。

◇◇◇

又一陣風從堂外吹進。

吹來了殘秋的寒意，也吹起眾人的衣袂。

雷迅即時大吼一聲：「氣死我了！」張嘴一口鮮血噴出，仰天倒下。

蕭七、韓生左右衝前，慌忙扶住，扶到旁邊椅上，只見雷迅面如金紙，雙目緊閉，已經昏迷過去。

韓生急呼道：「大哥，怎樣了？」

司馬東城亦走了過來，一看道：「不用慌，他只是急怒攻心，血氣上湧，那口血噴出，反而就沒有事了。」

韓生道：「我去叫大夫……」

司馬東城搖頭道：「不用。」轉而吩咐道：「小蕭你以真氣度進雷英雄體內。」

蕭七應一聲，一掌抵在雷迅的「靈台穴」上，將真氣度進。

司馬東城轉對韓生道：「我這裡有些藥丸，熱水沖服，雷英雄醒來就沒有事了。」

她隨即從袖中取出一個玉瓶，拔開蓋子，傾出了三顆豆大的，碧綠色的藥丸。

韓生慌忙接過，一面著人準備開水。

這時候，雷迅亦已經悠悠醒轉。

服下了那三顆藥丸，再調息一會，雷迅的面色已回復正常。

他長長的吁一口氣，隨即道：「蕭兄弟，你將手掌收回去。」

蕭七的右掌仍抵在雷迅的靈台穴上，聞言道：「前輩你……」

雷迅搖頭道：「沒事的，只是一時間嚥不下那口氣。」

他的神態顯然亦已經回復正常。

蕭七於是將右掌收回。

雷迅坐直了身子，又吁了一口氣，道：「好一個蝙蝠，雷某人這輩子與你拚定了！」

韓生道：「大哥千萬要保重身子。」

雷迅大笑道：「你大哥刀頭上喋血，吐口血算是什麼。」

他說著緩緩站起身子，緩緩吩咐道：「兄弟你傳我話，鏢局由今天開始結束，未出的鏢，請鏢主人領回，保費我們雙倍奉還，另外吩咐鏢局的賬房，將歷年盈餘，按鏢局各人年資均分，請各人另謀高就。」

一頓笑接道：「這些事，就是不用我吩咐，你也應該懂得做了。」

韓生點頭，嘆息道：「大哥又何須消沉至此。」

雷迅微喟道：「兄弟你難道還不明白？憑我們的武功，縱然找到了蝙蝠，亦未必保得住性命，而且，莫忘了還有一個王無邪！」

韓生聳然動容，道：「不錯。」

雷迅看著他，道：「你原是鏢局的智囊，怎麼今天事事反要我提醒？」

韓生苦笑道：「小弟的心頭有如一堆亂草，方寸已大亂。」

雷迅笑笑，道：「現在我們無論如何都非要鎮定下來不可。」

他伸手一拍韓生的肩膀，道：「鳳兒既然已死亡，我們也沒有什麼好急了。」

韓生無言點頭。

雷迅揮手道：「去做你的事。」

韓生方待退下，雷迅忽然又叫住，道：「兄弟，莫忘了你的那一份！」

韓生愕然抬頭，慘笑道：「大哥這是什麼說話？」

雷迅道：「我們兄弟相交一場，大哥總不能夠拖著你一齊送死！」

韓生大笑道：「大哥你這就未免看低小弟了，我們兄弟結拜時候，說的是什麼話，大哥你縱然已忘記，小弟這一輩子卻是穩記心頭。」

重重一頓，接道：「大哥若是堅持，是叫小弟死在鏢局大堂之上，大哥之前。」

雷迅大笑，道：「好，好兄弟！大哥我說錯了話，你莫要記在心上。」

韓生熱淚盈眶，欠身道：「小弟先去打點大哥吩咐那些事情。」

雷迅目送韓生走出大堂，轉對蕭七、司馬東城，道：「兩位……」

司馬東城笑截道：「有一件事情，雷老英雄大概還未知道。」

雷迅一怔，道：「是什麼事情？」

司馬東城道：「我雖然不會死在你的面前，但罵起人來，卻是很凶的。」

雷迅又是一怔，大笑道：「很好很好。」

司馬東城轉顧蕭七，道：「至於我這個兄弟，你要趕他走，相信也並不容易。」

雷迅連聲道：「我不趕，我不趕。」

他再在椅上坐下，目光又落在雷鳳的頭顱上，眼蓋一顫，忽然道：「洪伯！」

雷洪就候在一旁，聞得呼喚，連忙趨前道：「老爺有什麼吩咐？」

雷迅道：「是你第一個看見小姐？」

雷洪面上猶有餘悸，不住點頭。

雷迅道：「你將當時的情形詳細與我說一遍。」

從他的神態、聲調看來，聽來，他現在非獨已經回復正常，而且非常之冷靜。

雷洪說得很詳細，何況旁邊還有一個司馬東城那麼仔細的人，不時的提出問題。

說到最後，雷洪的老淚又流下來。

雷迅的難過當然絕不在雷洪之下，可是這一份難過，已經被那一份恐懼掩蓋。

司馬東城不覺又偎入蕭七懷中。

他們都絕不是那種膽小的人，但，聽到雷洪那番說話，亦難免有毛骨悚然之感，一個被斬成六截的人，竟然能夠走回來，竟然能夠說話，而且雙手將自己的頭捧起來，這種事，實在恐怖。

亦實在難以令人置信。

雷洪卻顯然並沒有說謊，而且也沒有說謊的必要。

聽罷，雷迅沉吟了一會，目注蕭七、司馬東城，手指雷洪，道：「這是我家的老僕人，亦是這裡的管家，我敢向兩位保證，他忠心可靠，而且對鳳兒，有如自己的女兒。」

雷洪嗚咽道：「鳳姑娘是我看著大的……」

雷迅截道：「所以他的話應該是絕對可信的。」

蕭七道：「我們並沒有懷疑這位老人家的話，只是……」

雷迅不等他說下去，已自問雷洪：「洪伯，當時你可有喝酒？」

雷洪搖頭，道：「老爺你也是知道的，除了逢年過節，老奴一向很少喝酒。」

雷迅道：「你也不像曾經喝過酒，而在當時的環境之下，你便是有睡意，相信也會清醒過來。」

重重的一頓，接道：「可是這件事，又怎樣解釋？」

蕭七道：「鬼神之說……」

雷迅截道：「我是絕對不會相信的。」

蕭七道：「晚輩也一樣。」他轉問雷洪：「老人家，鳳姑娘的屍體後面當時可有人？」

雷洪道：「老奴可以絕對肯定並沒有。」

蕭七皺眉道：「那就只有一個解釋，人頭原先是別人頂著回來，至於其餘的部份，則是在老人家昏迷之後，才被安置在高牆下。」

雷迅道：「這個解釋很合理。」

司馬東城插口道：「人頭當時曾經說話，對於令千金的聲音，那位老人家應該非常熟悉。」

雷迅撫掌道：「不錯！」轉顧雷洪道：「小姐的聲音你應該認得出來的。」

雷洪道：「那聲音飄飄忽忽，在老奴當時的感覺，就只是一個女孩子的聲音，後來看見是小姐，那聽來就是小姐的聲音了。」

雷迅沉默了下去。

司馬東城忽然道：「湘西有一種邪術，雷英雄不知可有聽過？」

雷迅一怔，脫口道：「趕屍？」

司馬東城道：「正是——不少人據說也都見過，至於屍何以能夠趕之上路這個問題，卻沒有人能夠說得出來。」

蕭七倒抽了一口冷氣，道：「大姐是說，雷姑娘的屍體有可能是由蝙蝠以趕屍邪術趕回來？」

司馬東城道：「這亦是一個解釋，只是不容易接受。」

雷迅苦笑道：「蝙蝠江湖上傳說已經死亡，現在卻竟然又再出現，連死人都可以復活，又還有什麼事情不可能發生？」

誰都聽得出這只是無可奈何的話。

司馬東城欲言又止，還是沉默下去。

蕭七嘆息道：「無論什麼事情，始終都會有一個水落石出。」

雷迅握拳道：「現在我們就去將真正的答案找出來。」

蕭七正色道：「這件事一天未了，姓蕭的一天不離洛陽。」

雷迅道：「好！好漢子！」

語聲甫落，韓生已飛步從外面走進來，走到雷迅面前，道：「大哥的話已經吩咐下去。」

雷迅道：「好！」

韓生沉吟道：「有些老兄弟只怕不肯離開。」

雷迅道：「兄弟，你以為應該怎樣？」

韓生道：「不怕死的兄弟，大哥不妨將他們留下來。」

雷迅道：「這……」

韓生道：「他們既然不怕死，大哥趕他們離開，也會在鏢局之外徘徊，留他們在鏢局之內反而就安全得多。」

雷迅道：「有道理，那就依你的主意好了。」

韓生接道：「小弟方才在迴廊轉角處，碰到了孫大娘……」

雷迅道：「莫非秋菊已經醒轉了？」

韓生道：「孫大娘就是要來向大哥告訴這事。」

「很好——」雷迅轉向蕭七、司馬東城招呼。「我們去看看秋菊，問清楚一些。」

蕭七點頭道：「也許她能夠提供我們一些線索。」

「走！」雷迅當先大踏步走了出去。

房中也仍亮著燈。

秋菊的臉龐在燈光下蒼白之極，她失血實在太多，所以精神看來仍然很疲倦，但比起方回鏢局之際，已經好多了。

房中蘊斥著藥香，秋菊的傷口已經敷上最好的金創藥，亦包紮妥當。

她起來之後，孫大娘亦已將煎好的一帖補血提神的藥湯給她服下。

她仍然臥在床上，目光有些呆滯，也不知道在想著什麼。

一直到腳步聲入耳，她的目光才開始了轉動，卻沒有轉過頭去。

那在她，實在是一件困難的事情，坐起來對她也是一樣。

她首先看見了雷迅，眼淚不覺流下。

雷迅立即安慰她，道：「這件事你已經盡了力，用不著難過。」

秋菊嗚咽道：「不知道小姐現在怎樣了？」

雷迅眼角的肌肉一下抽搐，道：「生死由命，你也不用擔心她。」

秋菊的目光忽然一清，脫口道：「蕭公子——」

她是看見了隨後走上來的蕭七。

蕭七道：「我們見過面？」

秋菊道：「公子忘記了？」

蕭七道：「沒有，一眼看見你，我就認出來。」

秋菊蒼白的臉頰之上微現紅暈，道：「公子你千萬要救我們姑娘。」

蕭七心頭愴然，道：「那到底是什麼一回事？」

秋菊回憶著說道：「我們一行經過道旁那座茶寮的時候，那個賣茶的老翁忽然將我們叫住，說有一個姓蕭的客官著他交一封信給我們小姐。」

蕭七道：「信中寫著什麼？」

秋菊道：「寫著林外天龍古刹，有事共商，信末說是公子的名字。」

蕭七道：「你們小姐結果去了？」

秋菊道：「在她離開之後，我們就進入那座茶寮等候，哪知道茶中竟然有毒藥，喝茶的好幾個立即就中毒身亡！」

雷迅催促道：「說下去！」

秋菊道：「然後那個賣茶老翁變了！」她的面上又露出了恐懼之色。

「變了？」雷迅奇怪。

秋菊道：「他的樣子變得很可怕，一雙眼睛就像是兩團鬼火，那時候，我們才知道小姐她上當了。」

雷迅問道：「後來又怎樣？」

秋菊道：「那個老翁吱吱怪笑，笑得就像是隻老鼠，他告訴我們，他就是蝙蝠！」

「蝙蝠！」雷迅咬牙切齒，韓生倒抽了一口冷氣，蕭七、司馬東城相顧一眼，卻沒有說什麼。

秋菊接道：「聽到那個名字，陶叔叔和張叔叔都變了面色，他們立即將那個老翁圍住，聽他們說，好像那個蝙蝠早已死掉的了。」

雷迅道：「嗯，那個蝙蝠怎樣說？」

秋菊顫道：「他一聲尖嘯，茶寮中忽然就飛滿了蝙蝠，無數的蝙蝠——」

她近乎呻吟的接說道：「然後，我們就打了起來，結果一個個都死在他的蝙蝠刀之下……」

「蝙蝠刀？」

「那是一柄很奇怪的刀，刀鍔是一隻大蝙蝠，刀身如一彎新月，殺人不沾血！」

雷迅目注蕭七、司馬東城，道：「兩位果然沒有看錯。」

轉對秋菊，道：「你可支持得住？」

秋菊頷首。

雷迅接道：「那你說下去，給我們說詳細。」

秋菊於是繼續未完的話。

房間的門窗都已關上，那秋深的寒意亦給關在門窗外。

可是到秋菊將話說完，那秋寒卻蘊斥著整個房間，充滿了每個人的心頭。

秋菊最後流淚道：「我應走一趟天龍古剎看一看，可是，憑我的武功，去到又有什麼用處?所以我只有趕回來。」

雷迅握著秋菊的小手，道：「你做得很對，若是你走去天龍古剎，這件事便永遠被蝙蝠藏起來了。」

秋菊目光一轉，道：「蕭公子怎麼會走來這裡？」

雷迅道：「你忘了回到鏢局，在昏倒之前，說了幾句話？」

秋菊搖搖頭，顯然已不能夠完全想起來。

雷迅道：「你提到所有人都被殺，小姐被騙去，還提到蕭公子的名字。」

秋菊道：「嗯。」

雷迅道：「正好有人看見蕭公子就在城中太白樓中，所以我們先去找他問一個究竟。」

秋菊一驚道：「爺們莫不是打了起來了？」

雷迅道：「我們是不打不相識，最後還聯袂走了一趟天龍古剎。」

秋菊急問道：「有沒有找到小姐？」

雷迅搖頭，道：「沒有。」

秋菊道：「我沒有說謊……」

雷迅緊握著秋菊的手，激動的道：「好孩子，沒有人說你說謊。」

他深深的吸了一口氣，接道：「那件事我們也已經肯定是蝙蝠幹的。」

秋菊道：「可是那蝙蝠已經有信給我們，告知抓去小姐，目的在要脅我們什麼事情？」

雷迅搖頭，道：「蝙蝠沒有信來，只是在我們的面前出現。」

他微喟接道：「他知道你沒有死，以為你已經完全將事情告訴了我們，所以才索性在我們的面前現身。」

秋菊道：「原來是這樣……」

雷迅道：「幸好他這樣以為，否則他必進鏢局殺你滅口！」

秋菊詫異的道：「滅口？」

雷迅道：「他殺你們的目的豈非就在滅口？」

秋菊不禁倒抽了一口冷氣，轉問道：「是了，他可有說小姐現在在哪裡？」

雷迅沒有回答，一聲嘆息。

秋菊聽著心頭一凜，急問道：「爺，小姐她到底怎樣了？」

雷迅啞聲道：「已死了。」

秋菊的面色更蒼白，悲呼道：「不會的！」

雷迅慘然道：「我原不該在這個時候告訴你鳳兒的噩耗，可是，卻又不忍心瞞著你，讓你繼續擔心下去。」

秋菊的淚流下。

雷迅嘆息著接道：「蝙蝠的出現，也就在告訴我們鳳兒的已死亡——同時將鳳兒的屍體送還給我們。」

秋菊哭問道：「他為什麼要殺死小姐？」

雷迅道：「我們不知道，他也沒有說。」

秋菊咬牙道：「爺你一定要替小姐報仇，一定的！」

雷迅斬釘截鐵的道：「一定的。」

秋菊轉望蕭七，哀求道：「蕭公子你……」

蕭七截道：「秋菊姑娘你不用說，這件事少不了我的一份。」

秋菊的臉上總算露出一絲笑容，轉向雷迅道：「爺，你讓我去看看小姐的最後一面。」

雷迅神情更悲慘道：「你還是安心養傷好了。」

秋菊鑑貌辨色，追問道：「蝙蝠到底將小姐弄成怎樣了？」

雷迅搖頭道：「你別問！」

秋菊掙扎著坐起來，道：「爺，你告訴我！」

雷迅終於說出來：「鳳兒給他斬成了六截！」

秋菊眼淚如泉湧出，身子一仰，昏迷過去。

雷迅哽咽道：「可憐的孩子。」

韓生嘆息道：「她與鳳兒原就是情同姊妹。」

雷迅揮手道：「孫大娘。」

旁邊站著那個老婦人，應聲上前，道：「老爺你有話只管吩咐。」

雷迅道：「你替我小心照料秋菊。」

孫大娘流著淚道：「老爺不必擔心，老身原就當她女兒一樣。」

雷迅無言頷首，往秋菊額上探了一探，才鬆開手，站起身來，往房門外走去。

他的腳步比來時更沉重。

蕭七三人緊跟了上去，誰也都沒有作聲。

◇◇◇

秋色滿院，秋意滿院。

雷迅沿著花徑走了一段路，突然停下來，握拳仰天悲呼道：「蝙蝠，哪怕你身在幽冥，我也要闖進去將你拖出來！」

韓生應聲道：「目前有一件事情，我們倒非要弄一個清楚明白不可。」

蕭七道：「蝙蝠的生死？」

韓生點頭道：「人人都說他已經死亡，傳言話說傳言，但空穴來風，亦事出有因。」

蕭七道：「他雖然在舟上也說是飛回幽冥，可是這種話，我們又焉能信實？看來，我們得找幾個前輩談一談——」

一個聲音應道：「不必！」

是司馬東城！

蕭七應聲回頭，奇怪道：「大姐——」

司馬東城道：「問我就可以。」

雷迅、韓生齊皆一怔，蕭七也不例外。

司馬東城看在眼內，一笑道：「你們莫非忘記了司馬中原是我的父親，是當年圍攻蝙蝠的江南八大高手之一？」

蕭七恍然道：「那麼蝙蝠的生死令尊當然很清楚。」

司馬東城道：「那你說我清楚不清楚呢？」

蕭七道：「當然應該清楚了。」

司馬東城笑笑，道：「你什麼時候又變得這樣子聰明？」

蕭七苦笑。

韓生亦自苦笑，道：「看來這件事情，將我們全都弄得昏頭昏腦了。」

雷迅接問司馬東城，道：「是了，那一戰之後，蝙蝠到底有沒有死亡？」

司馬東城道：「可以說是已死亡，亦可以說是仍未死亡。」

雷迅道：「哦？」

蕭七、韓生亦奇怪的望著司馬東城，他們一樣聽不明白。

司馬東城解釋道：「如果死亡的意思就只是指一個人是否已經不存在這世上，那他是並未死亡。」

三人仍然不明白。

司馬東城接道：「那一戰之後，蝙蝠已經完全是兩個人，已經不再是以前的蝙蝠，這未嘗亦不可以說是蝙蝠已經不存在，已經死亡。」

蕭七總算是完全明白，道：「換句話，蝙蝠並未死在那一戰了？」

司馬東城頷首，道：「不錯。」

蕭七接問道：「那麼他到底變成怎樣？」

司馬東城道：「完全喪失了記憶。」

蕭七試探問道：「白痴！」

司馬東城道：「不錯，是白痴！」

雷迅插口道：「姑娘是說，那一戰的結果蝙蝠並沒喪命，卻被擊得變成了白痴！」

「白痴！」司馬東城一再重複這兩個字。

◇

白痴的意思，與死亡其實差不多，在一般正常人的眼中看來，白痴的確是生不如死。

然而這只是正常人的看法。

在白痴的心目中，卻毫無疑問，並不以為是這樣，否則他們早已經選擇死亡。

他們活得雖然很多連豬狗都不如，但大都能夠活下去，且活得看來很開心。

白痴的世界到底是怎樣的一個世界？沒有人能夠知道，這是說正常人。

也沒有一個白痴能夠將他所有的感受完全說出來。

否則這個根本就不是白痴。

雷迅看著司馬東城，好一會才再問道：「蝙蝠到底是如何變成白痴的？」

韓生接問道：「是不是當年那一戰？」

司馬東城道：「不錯，當年家父等江南八大高手，圍攻蝙蝠於非人間……」

蕭七道：「九華山的非人間？」

司馬東城點頭，道：「我也不知道那個地方何以叫做非人間，只知道在那兒有一塊大石壁，上書非人間三個字，他們選擇在那裡圍攻蝙蝠，也算是選擇對了地方。」

蕭七道：「蝙蝠卻竟然赴約。」

司馬東城淡然一笑，道：「那一戰蝙蝠事前是完全不知道，與其說是決鬥，毋寧說是襲擊！」

蕭七道：「是八大高手知道蝙蝠會到非人間，預先埋伏在那裡？」

司馬東城道：「就是這樣了。」

韓生道：「江湖上卻不是這樣傳說。」

司馬東城微喟道：「八大高手圍攻一個人，說出來已經不大好聽，若還是襲擊，豈非要惹人笑話？」

雷迅大笑道：「對付蝙蝠這種人，老夫以為根本就無須講什麼江湖規矩，也沒有什麼不好意思的。」

司馬東城道：「只可惜並不是每一個人都會這樣想。」

雷迅笑道：「以我看，八大高手武功雖然高強，也雖然行俠仗義，大都是拘謹得很，不怎樣灑脫。」

司馬東城也同意，道：「否則也無須計較別人怎樣看法。」

雷迅道：「老夫正就是這個意思。」

司馬東城道：「不過他們的圍攻蝙蝠，卻都並無拘泥於江湖規矩，同仇敵愾，齊心協力，也都各盡全力！」

雷迅擊掌道：「除惡務盡，本該如此。」

對於蝙蝠，他顯然已痛深惡絕。

韓生的目光那剎那忽然變得很遙遠，道：「那一戰的慘烈，也就可想而知了。」

司馬東城點頭道：「家父生前，每當提起那一戰，顯然都尚有餘悸。」

雷迅道：「那一戰結果到底是怎樣？」

司馬東城道：「八大高手死其五，剩下三人都俱告受傷，表面上看來，家父是最完整的一個。」

雷迅又是一怔，道：「完整？」

司馬東城道：「就是表面看來，傷得並不太重的意思。」

雷迅轉問道：「蝙蝠又如何？」

司馬東城道：「混身浴血，遍體鱗傷，五臟據說亦被內家掌力震盪得完全離位，家父最後更以小天星掌力，印在他的天靈蓋之上！」

雷迅吁了一口氣，道：「他居然仍然不死？」

司馬東城道：「當時他中掌倒下，口吐鮮血，倒地不起，誰都以為他死定了，哪知道，過不了多久，他竟然又掙扎爬起來，卻是已形同白痴。」

雷迅嘟喃道：「這個人的體質，絕無疑問與常人迥異，所以雖然令尊小天星掌力印在天靈蓋之上，仍能夠活下來。」

韓生接問司馬東城，道：「以江南八大高手的經驗，應該沒有判斷錯誤。」

司馬東城道：「他們當時也曾考慮到這個問題，反覆一再相試，事實證明，蝙蝠已完全喪失記憶，已變成了一個白痴。」

韓生又問道：「他們將他怎樣了？」

司馬東城道：「他們一致認為就那樣結果蝙蝠，反倒是便宜了他，都沒有再次出手。」

韓生道：「難道他們就那麼讓蝙蝠離開非人間？」

蕭七沉吟接道：「一個武功那麼高強的白痴，在江湖上遊蕩也是一件很危險的事情。」

司馬東城頷首道：「他們當然有考慮到這方面，所以雖然沒有殺死他，卻將他囚禁起來。」

蕭七再問道：「囚禁在什麼地方？」

司馬東城道：「在我家之內。」

蕭七一怔，道：「城東司馬山莊？」

司馬東城笑道：「你以為我有很多個家？」

蕭七苦笑，韓生、雷迅亦怔住在那裡，這件事實在令他們感到意外。

司馬東城接道：「八大高手生存的三個人之中，一個遠在白山、黑水，一個更在玉門關外，家父是住得最近的一個，而且司馬山莊在江湖上有銅牆鐵壁之稱，所以才決定將蝙蝠囚禁在那兒。」

蕭七沉吟著又問道：「那麼多年了，蝙蝠難道並沒有復原？」

司馬東城搖頭道：「沒有——每隔相當時候，我總會去仔細觀察他幾天，無論怎樣看來，他都只像一個白痴。」

蕭七苦笑，道：「不知道令尊有沒有想到，萬一這個人恢復正常有什麼事情發生？」

司馬東城道：「當然有，在囚禁蝙蝠那座小樓之外，一共有十三重厲害的埋伏，蝙蝠若是闖出來，勢必要觸動其中一重，所有的埋伏亦一定同時引發，那附近一帶最後就會夷為平地！」

蕭七脫口問道：「火藥？」

司馬東城道：「最後的一重埋伏，就是關外霹靂堂送來的火藥。」

蕭七道：「八大高手之中，有一個是霹靂堂的人？」

「霹靂堂的主人！」司馬東城接道：「他也是生存的三個人之一。」

韓生插口問道：「那是說，蝙蝠絕對沒有可能活著闖出來了？」

「絕對沒有。」司馬東城非常肯定的說：「我看過那份機關佈置詳圖，卻發覺就是自己拿著那份詳圖，也沒有可能從裡頭走出來。」

韓生忽然省起一個問題，道：「那麼蝙蝠每一天的食物？」

司馬東城道：「那是由一條管子推進圖牆之內，他飢餓的時候自然會去拿。」

她淡然一笑，接道：「看他的生活，比野狗好不了多少，有時我也奇怪家父他們留這個人在世上，到底有什麼好處。」

雷迅道：「可不是，乾脆一刀殺掉了省得麻煩。」

韓生笑接道：「江湖上的俠客有時總得講一下仁義之道。」

雷迅不以為然道：「那要看是什麼人。」

蕭七沉吟著又問：「方才在占道之上，大姐可曾看見個自稱蝙蝠的瞎子？」

司馬東城道：「你們正好擋著我的視線，到雷英雄高呼無翼蝙蝠我聽得奇怪，下車的時候，你們已經離開了。」

一頓笑接道：「不過不要緊，你們要知道那是否真正的蝙蝠也很容易——只要走一趟司馬山莊。」

雷迅脫口道：「對！」

韓生卻沉吟著道：「只不知……」

司馬東城笑截道：「沒有什麼方便不方便的，你們就是不提出，我也非要請你們走一趟不可。」

蕭七道：「現在就去？」

十二　秘道

司馬東城道：「我以為不妨等秋菊醒來。」

蕭七點頭道：「她是惟一在蝙蝠刀下活命的人，的確應該與她走一趟。」

雷迅亦說道：「那麼就可以清楚知道，她看見的那個蝙蝠是否囚禁在司馬山莊的那個蝙蝠，又是否我們所遇上的那個了。」

韓生苦笑道：「希望就是三位一體，否則一個蝙蝠已經夠我們應付，再來一個就更不得了。」

雷迅回頭望一眼，道：「只不知秋菊又是否支持得住？」

司馬東城道：「她那只是外傷失血過多，再休息一會，精神相信就可以恢復過來。」

雷迅側首吩咐道：「二弟，你告訴孫大娘如果秋菊再醒來，就通知我們一聲。」

韓生點頭微喟道：「大哥原是火霹靂的脾氣，現在卻變了。」

雷迅慘然一笑，道：「人總是會變的。」

韓生無言轉身舉步。

雷迅仰天又吁了一口氣，忽然道：「秋又深了。」手一伸，抄住了飛舞在半天中的一片落葉。

他的確改變了很多，蕭七雖然一直不認識這個人，不知道這個人以前是怎樣的性格，但亦感覺到，這個人現在的一切舉動，與以前不一樣。

司馬東城忽然亦探手抄住了一片落葉，道：「我不喜歡秋天，尤其是秋深時候。」

蕭七無言。

司馬東城目光落在蕭七的面上，輕聲問道：「你可知道為什麼？」

蕭七道：「嗯。」

司馬東城笑問：「嗯是什麼意思？」

雷迅插口道：「就是表示他知道——」他微笑接道：「我卻是不知道為什麼一個你那麼年輕的女孩子，竟然會有那種感觸。」

司馬東城嬌笑道：「你這樣說話，當然就真的不知道了。」

雷迅道：「哦？」

司馬東城道：「因為你還未看出，我已經不再年輕。」

雷迅大笑，道：「你是認為自己已經很老了？」

司馬東城笑笑，道：「女人到了我這個年紀仍未嫁人，實在已經夠老了。」

雷迅怔住。

司馬東城接道：「秋深冬將至，眼看又一年，你說我對這深秋如何喜歡得來。」

她雖然仍在笑，卻笑得已有些傷感。

雷迅苦笑道：「想不到你們女孩子原來還有這許多煩惱。」

蕭七這時候才開口，道：「其實很多江湖中的名俠都喜歡著大姐，只是大姐始終都沒一個瞧得上眼。」

司馬東城笑道：「他們很多連你都瞧不上眼，大姐又怎會瞧得上眼？」

蕭七道：「這件事了結之後，小弟就專心去替大姐找如意郎君。」

司馬東城失聲嬌笑了起來。

笑得卻是那麼的無可奈何。

秋風滿院，落葉漫天，在司馬東城的笑聲中，這秋意彷彿更加濃了。

正午，白雲滿天。

秋雲似薄羅，陽光透過白雲披下，溫柔得就像是情人多情的眼波。

蕭七、司馬東城走在一條花徑上，後面緊跟著雷迅、韓生，還有秋菊。

秋菊的精神已好很多，由兩個丫環攙扶著，走來也不怎樣辛苦。

這條花徑在司馬山莊東面。

覺。

蕭七雖然是司馬山莊的常客，卻還是第一次走在這條花徑上。

這條花徑表面上看來與一般並無不同，蕭七走在那之上，卻有一種很奇怪的感覺。

那種奇怪的感覺他甚至可以肯定絕不是因為陌生而產生。

司馬東城也不知是否發覺蕭七神色有異，行走間忽然問道：「小蕭，你是否覺得這條花徑有什麼奇怪的地方？」

蕭七道：「奇怪是奇怪，卻仍看不出奇怪在什麼地方？」

司馬東城一笑，轉入一條岔路，道：「你應該看出的。」

蕭七心頭一動，道：「岔路多了一些。」

司馬東城道：「我本來可以筆直前行，卻不停左彎右折，不住轉進岔路裡。」

蕭七道：「我原是以為該轉過岔路大姐才轉進去，現在聽大姐這樣一說，倒是有些頭緒了。」

司馬東城道：「你給我說說。」

蕭七道：「那些岔路看似雜亂無章，事實長短完全一樣，而且方向……」

司馬東城笑問：「方向怎樣？」

蕭七道：「東南西北也都右，我們有幾次簡直在打圈子，哪有這樣的道路？」

司馬東城沒有作聲，腳步橫移，又轉進一條岔路。

蕭七亦步亦趨，忽然道：「若是小弟沒有猜錯，這只怕是一個花陣。」

司馬東城點頭道：「那你可看出是什麼陣？」

蕭七沉吟道：「是不是六合？」

司馬東城一怔，嬌笑道：「想不到你真的看得出來，我一向只知道你劍術高強，想不到你對於奇門遁甲方面也有研究。」

蕭七道：「家師晚年對於那門子學問特別感興趣……」

司馬東城道：「你卻只怕提不起多大興趣。」

蕭七道：「否則也不會到現在才有所發現。」

司馬東城笑笑道：「那門子學問也的確太沉悶。」

蕭七道：「可沒有聽過大姐精於……」

司馬東城截道：「這等如你從來沒有到過這附近一樣，整個司馬山莊也就只有這附近設置機關陣勢。」

蕭七轉問道：「我們若是不跟著大姐，到處亂闖，會有什麼結果？」

司馬東城道：「那就只有不停地在花樹叢中打轉。」

蕭七道：「將樹木削斷可不可以闖出一條生路來？」

司馬東城一笑道：「那要看運氣了。」

蕭七道：「運氣若不好？」

司馬東城道：「觸發花樹叢中的機關，說不定就會倒在箭弩之下！」

蕭七道：「莊中婢僕若……」

司馬東城笑截道：「這早已劃為莊中禁地，他們違命闖進來，可怪不得人。」

蕭七轉問道：「蝙蝠就給囚在這花陣之內？」

司馬東城道：「可以這樣說……蝙蝠若是永遠在白痴狀態，單就這一個花陣已可以將他囚起來，萬一他突然回復正常，那就很難說了。」

蕭七道：「換句話說，除了這花陣，還有其他的佈置？」

司馬東城道：「你忘了我說過這裡一共有十三重厲害的機關埋伏？」

蕭七搖頭，道：「沒有。」

司馬東城笑問道：「莫不是對我的話有些兒懷疑？」

蕭七道：「在知道這個花陣之後，才起的。」

司馬東城道：「哦？」

蕭七道：「單就是這個花陣，所費的人力物力已經難以估計，將這麼多的金錢時間用在一個白痴身上，是不是太過？」

司馬東城點頭道：「以我的意思，也是主張將蝙蝠一刀了結，省得這許多麻煩，家父他們卻都不是這樣想。」

蕭七苦笑道：「前輩英雄太都是如此，亦無可厚非。」

司馬東城微喟道：「這樣做是否正確，我也說不出。」

蕭七亦自一聲嘆息，道：「只希望他們這樣以仁義對蝙蝠，並沒有錯誤。」

司馬東城沉吟道：「這附近機關埋伏的威力我很清楚，我絕不相信蝙蝠能夠逃出那座小樓。」

蕭七道：「也即是不相信雷鳳的死亡是蝙蝠的所為？」

司馬東城沒有作聲。

說話間，他們又已轉了兩個彎，花木枝葉間，隱約可以看見一道褐色的高牆。

司馬東城沉吟了一會，才說道：「到底是否蝙蝠的所為，在看見蝙蝠之後，相信我們便會有一個明白。」

蕭七點頭道：「秋菊應該認得出那是否傷害他們的人。」

司馬東城道：「以我所知，蝙蝠也沒有兄弟，而好像蝙蝠那樣的人，亦絕無僅有。」

語聲落處，司馬東城又轉了一個彎，這個彎轉過，已出了花陣。

那道高牆就橫亙在花陣前一丈，高牆側一道石級斜往上伸展，蓋頭是一座平台，四面石欄杆。司馬東城招手指著那個平台，接道：「站在那個平台之上，可以清楚看見囚禁蝙蝠的那座小樓，那樣的平台一共有四座，換句話說，無論蝙蝠人在哪一個方向，一切動作都逃不過監視的人的眼睛。」

蕭七奇怪問道：「難道蝙蝠不懂得將小樓門窗關上？」

司馬東城道：「上平台一看你就明白了。」說話間腳步不停，來到那道石級之下，隨即拾級而上。

蕭七緊跟在後面。

兩人的說話，韓生、雷迅在後面都聽得很清楚，他們心中那一分奇怪絕不在蕭七之下，但都壓抑著沒有插口。

秋菊當然就更奇怪了，她甚至已忘了頸上傷口的痛苦，腳步亦不由加快。

一行人也就幽靈一樣，默默的走上那座平台。

白石平台，比高牆尚高出一丈，丁方也有一丈闊寬了，他們只是七個人，站在那之上，當然一些也不覺得狹窄。

平台上風急，吹起了他們的衣袂，蕭七人更覺瀟灑，司馬東城亦見嫵媚。

高牆後是一片竹林，陣陣竹濤迎風響起，直有如天籟。

竹林亦低過平台，所以並沒有阻礙他們的視線，在平台之上，他們可以清楚看見那幢被包圍在竹林的小樓。

那幢小樓果然一道門窗也沒有。

也沒有牆壁，就只見一條條的柱子，那與其說是一座小樓，毋寧說是一座兩層的亭子。

那的確像是一座亭子。

在小樓的周圍，有一道矮牆，高看來還不到一丈。

竹林也就被那道矮牆隔斷。

在小樓與矮牆之間是一片草地，野草叢生，顯然已過膝。

也就因為那一片草地，那座小樓顯得很蒼涼，一些也不像是人住的地方。

蕭七看著不由嘆了一口氣，道：「這本來是一處好地方。」

司馬東城道：「若是將那道矮牆拆去，再將那一片野草清除，無論建在那中間的是一座亭子抑若一座茅寮，相信也會有很多人一見就喜歡，甘心住進來。」

蕭七道：「小弟是其中之一。」

司馬東城道：「像這樣的地方，用來囚禁蝙蝠那樣的一個人，卻是誰看了，都一定認為太過浪費。」

雷迅悶到現在，才忍不住插口道：「江湖上的名俠所謂仁義，我實在想不透。」

蕭七苦笑道：「又豈止老前輩想不透。」

韓生亦聞口道：「我總覺得他們的作風有時實在太婆媽。」

司馬東城微喟道：「也許他們並不是完全都那樣。」

蕭七道：「只要其中有一人那樣就已經足夠了。」

司馬東城頷首不作聲。

蕭七目光倏一轉，戟指道：「那就是蝙蝠？」

眾人聽說，不約而同，循指望去。

在小樓二樓正中的地上，盤膝坐著一個老人。

那個老人一頭白髮蓬亂，不少散落在雙肩之上，襯著那一身黑衣，分外的顯得觸目。

他坐在那裡，一動也都不一動，彷彿在思索什麼，但更像是一具沒有生命的乾屍。

相距那麼遠，他的頭又半垂，眾人當然看不清楚他的真面目。

更難以看到他的神情變化。

可是他們都有一種詭秘的感覺，尤其當司馬東城回答：「他就是蝙蝠了。」這句話的時候，那種詭秘的感覺就更濃重了。

那就是昔年江湖上聞名色變，專打女孩子的主意，殺人如麻，無惡不作，罪該萬死的蝙蝠——無翼蝙蝠？

眾人齊皆睜大了眼睛，聚精會神的望去。

秋菊一顆心那剎那更不由怦怦的跳起來。

死裡逃生，猶有餘悸。

蝙蝠彷彿並沒有發覺有人在竹林外平台上張望，始終呆坐在那裡，一動也都不一動。

卻不知何故，竟給人一種隨時都會動，都會蝙蝠般飛起來的感覺。

甚至司馬東城也似有這種感覺，忽然間露出詫異之色，然後問秋菊：「小姑娘，你們在城外古道遇上的可是這個人？」

這句話出口，所有人的目光不期都集中在秋菊的面上。

雷迅急不及待，接問道：「就是他，是不是？」

秋菊目不轉睛的盯著那邊小樓，神情顯得非常之迷惑，又過了一會，才以一種堅定的語聲應道：「不是這個人。」

雷迅著急道：「不是這蝙蝠？」

秋菊毫不猶疑應道：「不是。」

蕭七即時插口道：「這個人也不像今天早上我們遇上的，那個自稱無翼蝙蝠的瞎子。」

韓生應聲道：「簡直就是兩個人。」

雷迅顯然這時候才省起這件事，嘟喃道：「這實在不像。」

司馬東城目光一一從四人面上轉過，道：「你們看清楚的了？」

蕭七道：「他雖然沒有抬起頭來，但無論怎樣看也不像是我們早上遇到的那個蝙蝠。」

司馬東城道：「要他將頭抬起來，也簡單。」

她的目光卻轉向平台下面，接道：「我所以選擇這時候進來，也是有原因的。」

蕭七順著她的目光望去，就望到一個灰衣老婦人正從花陣穿出，向平台這邊走過來。

那個老婦年紀看來已六十過外，面目慈祥，手提著一提竹籃。

雷迅亦看在眼內，奇怪道：「這又是……」

司馬東城道：「是我家的老婢辛五娘，給蝙蝠送飯來了。」

雷迅道：「哦？」

司馬東城道：「蝙蝠雖然武功高強，終究也是一個人，即使他沒有變成白痴，也餓不了多少天。」

雷迅皺眉道：「要這個蝙蝠活下來，可真是麻煩得很。」

司馬東城道：「我也是這樣說，終究殺掉了來得簡單。」

雷迅道：「可不是！」

說話間，辛五娘已經來到平台之上，疑惑的抬頭望著平台上的七人。

司馬東城即時轉向辛五娘，攏手道：「幹你的。」

辛五娘卻沒有說什麼，走上平台的石級，她雖然年紀一大把，一些老態也沒有，腳步起落仍然是那麼有力。

蕭七目光落下，道：「看來她也是一個練家子。」

司馬東城道：「武功相信絕不在我之下，說不定比我更好。」

蕭七道：「想不到。」

司馬東城笑接道：「你當然更加想不到她與我爹爹原就是師兄妹。」

蕭七一怔，道：「的確意外。」

司馬東城壓低了嗓子，道：「我只能告訴你，她很喜歡我爹爹，只可惜我爹爹早就已娶了我媽媽，在我媽媽死後亦心如槁灰，無意再續絃。」

蕭七微喟道：「這種事有時也是無可奈何。」

司馬東城亦自微喟一聲。

辛五娘也沒有走上平台，就在接近牆頭的那一級停下。

在牆頭之上，有一條粗大的竹管一直往小樓那邊伸展過去。

蕭七、韓生、雷迅他們都已經留意到這條竹管，只是一心趕著往見蝙蝠一面，並沒有問司馬東城。

現在他們不用問也已知道這條竹管的用途。

辛五娘掀開竹籃上蓋著的一方藍布，從藍中取出了兩個短短的竹筒，先後擲進那條竹管內。

蕭七隨即道：「竹筒內載的就是食物？」

司馬東城道：「有一筒載的是清水，沿著那條竹管往下滾，就會滾進矮牆內，每天雖然就這樣的兩筒，已經夠麻煩的了。」

蕭七忽然道：「那個蝙蝠看來真的是一個白痴了，否則他應該想到可以利用這條竹管逃出生天。」

司馬東城笑笑道：「也就因為他沒有這樣做，這附近得以保持到現在，還沒有夷為平地。」

蕭七一怔道：「那條竹管之上莫非相連著觸發火藥的機括？」

「不錯！」司馬東城目光一轉，道：「蝙蝠聽到竹筒在竹管之內滾動發出的聲響，就會走出來，拿那兩筒的清水食物……」

話口未完，那邊蝙蝠已非常突然的抬起頭來。

他的面正向平台這邊。

蕭七、雷迅、韓生看得很清楚，那的確不是清晨所遇到的瞎子。

他們轉望向秋菊。

秋菊亦只是搖頭，被囚在竹林中那座小樓上的那個蝙蝠，顯然並不是誘走雷鳳，殺死陶九城、張半湖他們的那個。

難道無翼蝙蝠竟然有真假？

竟然會有人去冒充這種人？

那剎那之間，眾人的心情實在亂到了極點，也就在這種時候，那蝙蝠動了。

他整個身子倏的從地上彈起來，一彈起又倒下，卻就勢在地上風車般，一連兩個大翻身，翻出了樓外。

眾人這時候才發現在他的右手握著一條竹杖。

那條竹杖入眼，蕭七、韓生、雷迅三人都不期而有一種熟悉的感覺。

清晨他們遇到的那個無翼蝙蝠，手上也就握著那樣的一條竹杖。

他就以竹杖在地上畫了一隻蝙蝠，告訴他們，他就是蝙蝠！

無翼蝙蝠！

相距雖遠，雖看得不真切，但那條竹杖的色澤、長短，蕭七三人都看得出似乎並無不同。

他們所以有那種熟悉的感覺，絕不是因為——那是一條竹杖。

他們都不由緊張起來。

司馬東城的面色這時候也顯然變了。

到底是什麼事情令她吃驚？

蝙蝠翻出了樓外，竹杖陡一沉，往滴水飛簷之上一點，瘦長的身子又拔起來！

那條竹杖同時脫手飛出，飛上半天！

他瘦長的身子卻往下沉，那剎那雙袖齊展，就像是蝙蝠的雙翼，人也彷彿化成了一隻奇大的黑蝙蝠。

他身形落下，迅速又拔了起來，左右手各抓住了一個竹筒。

那正是辛五娘方才擲進竹管之內的兩個。

那支竹杖也就在這時候落下，蝙蝠一張口，竟正好咬在口中！

他瘦長的身子旋即又風車般翻滾在半空，翻進了小樓之內。

也就在原來的地方坐下來，隨即得意地笑了。

那種笑聲一直傳出竹林之外，傳入眾人的耳裡，竹濤陣陣，卻蓋不過蝙蝠「咭咭」的笑聲。

奇怪的笑聲，透著一種難以言喻的恐怖。

眾人聽著，不禁由心寒了出來。

秋菊忽然脫口道：「這笑聲倒是很像。」

雷迅「嗯」一聲，蕭七、韓生亦有同感，清晨他們遇上的蝙蝠，笑起來正是這樣。

只是現在這笑聲，聽來更詭異，更恐怖。

司馬東城的面色又是一變，嘟喃道：「怎會這樣的？」

一個蒼老的語聲即時一旁響起：「這麼多年來，我還是第一次看見他這樣。」

那是辛五娘的聲音，她已經走上平台，來到司馬東城的身旁。她的神情很奇怪。

蕭七接說道：「現在無論怎樣看來，他都不像是一個白痴。」

司馬東城苦笑道：「那片刻的確不像，但現在卻又像了。」

蕭七目光轉回去，亦不禁苦笑。

這時蝙蝠正捧著那兩個竹筒左一眼，右一眼，不住在傻笑。

笑聲不絕傳入耳裡，完全不像是正常人的笑聲。

這笑聲與蕭七方才說話之前的已顯然不同。

笑聲中充滿了一種難以言喻的歡愉，卻令人聽來只有覺得更加恐怖。

蕭七細聽之下，毛骨悚然。

司馬東城苦笑著接道：「我還是第一次聽到他這樣笑。」

辛五娘接道：「我也是。」

韓生插口道：「會不會他也有清醒的時候？」

辛五娘沉吟不語，司馬東城亦想想之後，才應道：「有亦未可知。」

辛五娘接道：「但無論如何，他也休想逃出這竹林。」

司馬東城點頭道：「那十三重機關都經過縝密考慮，安排在適當卻又不著眼的地方，他若是能夠瞧出來，又能夠將之破壞，那簡直就不可思議。」

辛五娘接道：「而且也不會再留在竹林內，那麼司馬山莊首當其衝，早已雞犬不留。」

雷迅插口道：「可是他手中那條竹杖——」

司馬東城道：「那條竹杖怎樣了？」

雷迅道：「我們今天早上看見的那個蝙蝠，手中就拿著那樣的一條竹杖！」

司馬東城脫口追問：「完全一樣？」

雷迅道：「這個我雖然不能確定，但長短顏色顯然並無不同。」

辛五娘接道：「說來也奇怪，這麼多年來，倒沒有見過他手上拿著那樣的竹杖。」

司馬東城「嗯」的一聲，神色凝重。

雷迅接問道：「這件事是不是巧了些？」

司馬東城沉吟不語。

蕭七目光一閃，道：「人姐，我們能否接近一些看看那個蝙蝠？」

司馬東城沉吟道：「可以的。」目注辛五娘。

辛五娘稍為思索，道：「我們其實也無須過慮，蝙蝠若是沒有問題，我們即使走近去，也沒有任何危險，縱然他已經精神回復正常，憑我們的力量，也應該可以應付得來。」

司馬東城毅然頷首道：「好！我們先就到矮牆之外瞧瞧。」

辛五娘忽然道：「是了，這到底怎麼一回事？」

司馬東城道：「我們一面走，一面說——」一頓轉對蕭七三人道：「進高牆之後，大家小心跟著我。」

她說得很嚴重。

蕭七應道：「大姐放心好了。」

韓生接道：「我們一些也沒有懷疑姑娘的話。」

司馬東城笑笑道：「這一片竹林也實在人凶險，所以我雖然嚕嘛一些，也是值得原諒的。」

雷迅大笑道：「姑娘你儘管放心，我們兄弟倆現在還不想死。」

司馬東城又笑笑，伸手扶著蕭七的肩膀，拾級往下走。

蝙蝠的怪笑聲這時候已經停下。

平台東過三丈的高牆之上，有一道月洞門，雖然並沒有門戶，那之上的橫匾上，卻寫著四個字——妄入者死！

那一個花陣，司馬山莊早已列為禁地，縱然有人好奇闖進去，又誤打誤撞，走到來這裡，看見了那塊橫匾，也應該止步了。

從月洞門望進去，就只見一株株的竹樹，看不到有路。

路在月洞門的左側，也有半丈寬闊，三尺之上大都已被竹樹橫枝遮蓋。

司馬東城在進口處停下，道：「小蕭，拔你的劍！」

蕭七一怔道：「幹什麼？」

司馬東城道：「當然就是將擋住前面那些橫枝削去！」

蕭七拔劍出鞘，道：「小弟劍只管往前削，若是削不得，大姐莫忘了招呼一聲。」

司馬東城「噗哧」笑道：「大姐雖然愁都已要愁死，卻還未真的想死。」

蕭七一笑出劍，劍光一閃，擋在前面的一簇竹樹簌簌的斷落。

司馬東城的右手始終扶在蕭七的左肩上，看來是那麼嬌弱。

劍光飛閃中，眾人魚貫往竹林之內走進。

◇

竹林之內並不是只得那一條路，而且多得簡直就像是蛛網一樣。

每一條岔路卻都是由進口那條路分出來。

進入竹林才不過三丈，那條路就分成了九條，每一條看來都差不多。

每一條路也都只是三丈長短。

岔路之上又有岔路，蕭七雖然看得出那是按九宮八卦排列，轉得幾個彎，已完全掌握不住。

韓生、雷迅更就已眼花撩亂，他們只有緊跟在司馬東城、蕭七後面。

辛五娘走在最後，神情很凝重，只恐前行的幾人一個不小心走錯了。

看來她對於奇門遁甲方面縱然不感興趣，也一定化過不少時間在那之上。

司馬東城卻顯然是個中能手，她雖然步步小心，但始終沒有走錯一步。

越入，竹林便越濃密，部份道路甚至已經被完全隔斷，也不知多久已沒有人走過。

儘管這樣，司馬東城仍然能夠分辨得出。

每一步移動，她顯然都已計算在內，若非個中能手，又焉能好此？

蕭七走著，忍不住失嘆道：「我現在實在有些佩服了。」

司馬東城笑問道：「你是說佩服我？」

蕭七點頭道：「我現在連方向都已分辨不出。」

司馬東城道：「那你仍只是有些佩服。」

蕭七忙道：「五體投地。」

司馬東城「噗哧」又是一笑，忽然道：「左轉！」

蕭七應聲左轉，手中劍一動，「刷」一聲，擋在前面的一簇竹樹劍光中飛散。

司馬東城目光一閃，笑接道：「對你的劍我也是佩服到五體投地。」

蕭七道：「我就是這幾下子了。」

司馬東城笑問道：「什麼時候你學會了這樣謙虛？」

蕭七道：「現在！」劍又再一動，削斷了擋在前面的另一簇竹樹。

韓生後而插口道：「我們卻是不知道應該怎樣說了。」

司馬東城道：「韓爺的銀劍，以我所知也絕非尋常可比。」

韓生道：「論劍哪及蕭兄的斷腸劍，說到這奇門遁甲，我們哥兒倆更就是門外漢。」

司馬東城笑笑不語。

韓生接道：「在那個平台上居高臨下倒不覺得怎樣，進來了，才發覺這竹林的廣闊。」

雷迅接道：「可不是。」

韓生道：「若是大熱天，走在這之內，無疑是一種享受。」

雷迅道：「清涼無疑是清涼，卻是有點兒陰森。」

韓生道：「豈止有點兒而已。」

兩人雖然說話不停，腳下可不敢不小心。

風吹竹林，竹濤聲在林中聽來更加響亮，令人不寒而慄。

又一陣風吹過，吹來了一陣難以言喻的腥臭氣味。

雷迅一皺眉，道：「怎麼有這種氣味？」

司馬東城微喟道：「雷爺莫忘了在林中囚著一個人。」

雷迅一怔，恍然道：「這腥臭氣味莫非是……」

司馬東城笑截道：「雷爺說出來，我怕要吐了。」

雷迅下面的話忙嚥了回去。

越進，那種腥臭的氣味越濃重，中人欲嘔。

各人卻居然都忍得住沒有嘔吐出來。

再前行十來丈，他們終於看見了那道矮牆，道路也就繞著那道矮牆延伸開去。

司馬東城領著眾人繞著矮牆轉了一個圈，又回到原來的地方。

那道矮牆之上赫然連一道門戶也沒有。

雷迅腳步停下，忍不住問道：「我們如何進去？」

司馬東城道：「越牆進去！」玉手往蕭七肩上一按，身形蝴蝶般飛起，飛上了牆頭。

蕭七恐防有失，身形一動，亦掠上牆頭上。

雷迅身形方欲動，卻給韓生按住，道：「我們扶一把秋菊！」

雷迅點點頭，轉顧道：「秋菊，你覺得怎樣？」

秋菊道：「不要緊，我支持得住。」

雷迅道：「很好！」與左面扶住秋菊那個婢女換過位置，扶住了秋菊左邊身子。

韓生亦與右面那個婢女將位置互易，隨即與雷迅同時展開身形。

秋菊也就在兩人的扶持下飛鳥般掠上了那道矮牆的牆頭。

兩個婢女緊跟著他們躍上，顯然都練有一身不錯的輕功，那個辛五娘更就不用說了。

雷迅、韓生只覺得眼旁人影一閃，辛五娘人已在矮牆上。

他們不由又省起司馬東城的說話——辛五娘其實是司馬中原的師妹。

司馬中原名震江湖，是高手之中的高手，辛五娘既然是他的師妹，武功當然也不會差到哪裡去。

站立在矮牆之上，那股腥臭的氣味更就令人噁心，司馬東城很自然的抬手掩住了鼻子。

蕭七劍眉亦深皺，有生以來，他還是第一次置身於這種環境。

司馬東城倏的嘆了一口氣，道：「一直以來我都以為給蝙蝠這種地方居住，實在太便宜了他，但現在看來，這其實不見得怎樣好。」

蕭七道：「地方變成這樣子，怪不得別人。」

辛五娘接道：「蝙蝠也沒有任何異議。」

司馬東城頷首道：「那若非並不在乎，就是無論什麼地方在他看來都一樣。」

辛五娘道：「只有白痴才甘心住在這樣的地方。」

司馬東城道：「嗯。」

辛五娘目光一轉，接道：「人應在樓下。」

蕭七道：「也許仍留在樓上。」

司馬東城道：「這附近一眼已可以看盡，根本就沒有藏人的地方，若是樓上也不見，那就奇怪了。」

一頓接說道：「我們進來的時候，他原就坐在樓上，食物清水都到手，還下來作甚，所以我們根本就不用擔心。」

蕭七目光上仰，道：「人若是在樓上，怎麼一些聲息也沒有？」

司馬東城沉默了下去，辛五娘一旁應道：「蕭公子說的也是道理。」

司馬東城忽然一笑，道：「到底在不在，一看不就清楚了。」

語聲未已，辛五娘的身子已往上拔起來。

一拔三丈，凌空未落，突呼道：「蝙蝠人不在樓上！」

聲落人落，竟正好落在原來的地方。

司馬東城應聲面色一變，道：「當真？」

這兩個字出口，她便自苦笑起來，現在並不是開玩笑的時候，辛五娘她當然也清楚並不是一個喜歡開玩笑的人。

可是她實在難以置信。

蝙蝠不在樓上，去了哪裡？

矮牆內雖然野草及膝，殘秋時候已在半凋零，完全就不像有人躲藏在草叢內。

而除了那些草叢，矮牆內再沒有其他藏人的地方。

司馬東城縱目四顧，半晌才目注蕭七、辛五娘，道：「你們到樓上瞧瞧，我們在樓下監視！」

蕭七應一聲，身形當先掠出，斜往上一掠三丈，掠上了第一層的滴水飛簷。

辛五娘緊跟著蕭七，身形的迅速絕不在蕭七之下。

兩人在滴水飛簷之上稍作停留，便一齊往樓內掠進去。

司馬東城看見兩人已進入樓內，身形才展開，飛鳥般掠過草叢，在樓中落下。

這一段距離也難不倒雷迅、韓生，兩人攙扶著秋菊，一聲：「起！」身形齊動，掠過草叢上空，落在樓前石階之下。

那兩個婢女也一樣能夠掠過草叢，與雷迅、韓生他們卻有半丈距離，比不上雷迅、韓生二人不言而知。

樓中空蕩，就只是當中放了一張石床，一張石几，一張石椅。

石床前地上有一堆衣服被褥，惡臭難聞，幾隻蒼蠅飛舞其上。

司馬東城木然站立在床前，黑眉深鎖，似乎陷入沉思中。

雷迅、韓生放目四顧，並無發現。

風吹野草，悉索有聲，惡臭撲鼻。

野草叢中始終沒有人行蹤。

蝙蝠何去？

蕭七人在滴水飛簷之上已看清楚樓上沒有人。

樓上比樓下更簡單，就只是放了一張矮矮的石几。

在几上有一個竹筒，旁邊放著一條竹杖。

蕭七隨即掠進去在几旁落下，順手拿起了那條竹杖。

毫無疑問那就是他們清晨遇上的那蝙蝠所拿的，長短粗細色深淺，完全一樣。

人有相似，物有相同，就是有兩條那樣的竹杖，也並非沒有可能。

問題在，又怎會有這麼巧的事情？

蕭七目光落在那條竹杖之上，不由沉吟起來。

同時進來的辛五娘卻拿起了那個竹筒，隨手將塞子拔出。

一陣飯菜香噴鼻，竹筒之內滿盛著飯菜。

蕭七目光一轉，問：「老前輩，這是否……」

辛五娘道：「是我今天替蝙蝠預備的飯菜。」回問道：「你手中那條竹杖……」

蕭七道：「相信就是我們早上看到的那條。」

辛五娘皺眉道：「事情看來真的複雜得很，蝙蝠無翼，難道他竟能夠凌空飛出這個竹林？」

蕭七道：「我們早上遇到的那個蝙蝠，輕功相當好。」

辛五娘沉聲道：「最好的輕功也飛不出這個竹林。」

對於辛五娘的話，蕭七並不是不相信，卻仍然忍不住問道：「那麼蝙蝠哪裡去了？」

辛五娘回答不出來。

也就在這個時候，他們聽到了一些聲音。

那種聲音並不怎樣響亮，可是又怎逃得過他們的耳朵。

他們霍地抬頭望去，一望之下，不約而同，各都打了一個寒噤。

辛五娘脫口道：「蝙蝠！」

他們抬頭就看見了蝙蝠，是真正的蝙蝠，不是人，不是那無翼蝙蝠！

在屋頂樑木陰暗之處，赫然倒吊著無數蝙蝠。

其中的一隻蝙蝠雙翼正在抖動。

辛五娘驚訝的接道：「哪來這許多蝙蝠？」

語聲未已，樓下響起一聲驚呼：「蝙蝠！」

是秋菊的聲音！

蕭七、辛五娘目光一接，身形齊動，辛五娘直奔樓那邊，蕭七身形卻倒射，倒飛出樓外，雙腳往滴水飛簷上一點，身形風車般一轉，已翻進樓下。

辛五娘差不多同時從樓梯上衝下來。

他們看不到無翼蝙蝠，只看到兩隻死蝙蝠，也是真正的蝙蝠。

一隻被斬成兩爿，分踩在雷迅雙腳之下，另一隻卻被韓生一劍洞穿，仍掛在韓生銀劍之上。

奇大的黑蝙蝠，雖然已死亡，看來仍很恐怖。

眾人也是一面驚訝之色，抬頭望著上面的樑木。

在樑木陰暗處一樣倒掛著無數蝙蝠。

辛五娘這才鬆過口氣，苦笑道：「我們還以為是那無翼蝙蝠突然襲擊你們。」

司馬東城反問道：「蝙蝠人不在樓上？」

「不在！」辛五娘搖頭。「就只是樑木之上倒掛著很多真蝙蝠。」

司馬東城微喟道：「那兒來這許多蝙蝠呢？」

辛五娘只有搖頭。

韓生目光轉落在蕭七手中那條竹杖之上，道：「蕭兄手中的……」

蕭七道：「這條竹杖放在樓上的一張石几上，如果我沒有看錯，就是那條了。」

韓生劍一抖，穿在劍上那隻死蝙蝠飛脫，飛出了樓外草叢。

他連隨上前三步，將那條竹杖接過，幾乎立即就說道：「蕭兄並沒有看錯。」

雷迅接道：「我也認出來了。」

韓生忽然道：「可是我們卻都認不出囚在這兒的那個人。」

雷迅道：「距離太遠，也許看得不清楚，再說，他也許還不想被別人知道他已經回復正常，又或者另外有什麼陰謀，暫時還不想以真面目出現。」

韓生應道：「大哥是說他會易容？」

雷迅道：「像他那種人，對於易容那種旁門左道應該很有研究的。」

韓生沉吟不語，雷迅接說道：「這個問題我們且不要管，目前以我看，最重要的一件事，還是先將蝙蝠找出來。」

司馬東城點頭道：「不錯，只要將人找出來，就什麼都明白了。」

她轉向辛五娘，道：「蝙蝠沒有拿走那兩個竹筒內的食物？」

辛五娘道：「只帶走了那筒清水。」

韓生聽到這裡突呼道：「那邊石床側不是有一灘水？」

眾人循指望去，果然看見石床的左側有一灘水漬。

韓生接說道：「方才我只道是……是……」

他雖然沒有說出下面的那個字，眾人心裡亦明白，雷迅接口道：「我也早就已看見，卻沒有留意，不過那就是……」

蕭七截口道：「不管怎樣，我們先將石床翻過來一看！」

雷迅應聲：「好！」第一個衝上前，手中金刀急落，「刷」一聲，那張石床硬硬被他砍成了兩邊！

他右腳跟著踢出，另一邊同時亦被跟著上前的韓生起腳踢飛了。

石床的底下本來堆著一張破爛棉被，被隨著石床被踢飛，那之下赫然蓋著老大一個洞穴。

司馬東城目光及處，面色大變，脫口道：「地道！」

所有人亦同時變色。

一道梯級從地洞進口斜往下伸展，雖然沒有加以修飾，但絕對可以肯定，並不是倉猝間挖出來。

由石床掩護，從竹林外平台上，當然看不到。

蝙蝠的狡猾，的確在眾人意料之外。

那剎那眾人心中的感受，已不是驚訝這兩個字所能夠表達。

地道進口的一塊階級之上，插著另一支竹杖，在竹杖之上居然穿著一張白紙。

白紙之上居然墨寫著好一些字。

「秘密既然被洞穿，我只好趕緊從秘道逃命去，這一次逃命的是我，下一次卻是幾位了。」

白紙黑字，觸目驚心。

風仍然在吹，卻吹不散眾人心頭的寒意。

竹林小樓中那種陰森的氣氛也就更濃了。

司馬東城呆望著那張白紙，也不知過了多久，整個身子突然間起了顫抖，顫聲道：「雷姑娘的死，絕無疑問，是這個蝙蝠的所為了。」

蕭七道：「好一個蝙蝠，我們若是不進來，真還不知道他已經挖了這一條地道，能夠自由進出這一片竹林。」

司馬東城皺眉道：「我實在不明白為什麼……」

蕭七替她接下去，道：「為什麼他仍然留在這樣的地方？」

司馬東城道：「你說為什麼？」

蕭七道：「也許這地方比較安全？」

司馬東城道：「天地之大，他要找一個藏身的地方實在很容易。」

蕭七道：「可是像他這種人，遲早一定會闖出禍來，一旦闖了禍，只要他逃回這裡，卻是最安全不過。」一頓接道：「也所以，這一次在誘拐雷鳳之後，他立即殺人滅口，這若非他的武功還未完全恢復本來，那麼該就是，他暫時還不想太張揚。」

司馬東城連連點頭。

蕭七又說道：「過去他雖然不是一個這樣的人，但經過非人間一戰，也會學得如何去避重就輕的了。」

司馬東城目光一掃，苦笑道：「但這種地方，他竟然完全不在乎，道理上那實在說不通。」

蕭七道：「這件事其實也不難理解，從方才他的笑聲聽來，這個人的神智，小弟大膽說一句，還未正常，在一個神智不太正常的人來說，無論什麼地方也都是一樣的。」

司馬東城道：「也不錯。」

蕭七道：「有一點我卻是不明白。」

司馬東城道：「哪一點？」

蕭七道：「他當然知道，竹林外的平台上會有人監視他的行動，為什麼不將那條竹杖收藏起來？」

雷迅接亦道：「只要他將竹杖收藏起來，我們在平台上固然看不出他有什麼不妥，就是走到來這裡，相信也不會發現這條地道的秘密。」

司馬東城沉吟應道：「兩個原因。」

所有的目光都集中在司馬東城的面上。

司馬東城接道：「就是小蕭所說的，他的神智尚未完全恢復正常。」

雷迅點頭道：「在一個神智不正常的人來說，無論他做出什麼事情，都是不能夠以常理來推測的。」

「不錯。」司馬東城一頓又道：「另一個原因就是他知道秋菊未死，知道我們可能走來這裡，一早便已準備離開這裡，在平台上我們所看見的他的諸般動作，也就是他做給我們看，讓我們進來。」

蕭七道：「這個原因較合理。」

司馬東城道：「嗯。」

雷迅卻道：「我不明白。」

司馬東城解釋道：「蝙蝠是一個聰明人。」

雷迅道：「聰明人又怎樣了？」

司馬東城道：「通常都比較多疑，我們到底有什麼發現，來到了這裡之後又會對他怎樣？在他一定有很多想法，也當然有許多不同的應付方法，但最好的一個應付方法，在一個聰明人來說，應該就是一走了之。」

蕭七接道：「而且還有一樣好處。」

雷迅奇怪問道：「什麼好處？」

蕭七道：「由現在開始，我們時刻得小心他的報復了。」

雷迅面色微變，沉默了下去。

韓生卻說道：「以我說，他應該留在這裡才是。」

雷迅道：「為什麼？」

韓生道：「我們並不知道有這樣一條地道，必要時他仍然可以從地道逃出，而萬一我們並無發現，在我們離開之後，他更可以從秘道出來，對我們採取報復，出其不意，以他的武功，應該不難將我們擊殺。」

雷迅一面聽一面點頭，連聲道：「這也是。」

十三 遠颺

西風蕭索，竹林的秋意卻並不濃，秋色更淡。

觸目都上青綠。

然而眾人卻感覺有些寒冷，這種寒冷也絕不是因為秋已深，天氣已有些寒冷。

他們當然也知道為什麼有這種寒冷的感覺。

司馬東城整個身子都在微微的顫抖，緊偎在蕭七懷中。

蕭七很明白她的心情。

蝙蝠表面上仍然被囚在小樓中，事實已暗中挖了一條地道，已回復自由，可是她卻完全不知道。

也就是說蝙蝠若對她有什麼行動，她根本就逃避不了。

蝙蝠神智縱然是有些反常，但一時也有正常的時候，否則也不會知道要挖一條地道才能夠離開那片竹林。

在他神智正常的時候，會不會憶起昔年被司馬中原傷的仇恨？

會不會想到報復？

這簡直可以肯定，蝙蝠一定會想到，至於他為什麼遲遲不採取行動？那就只有他才知道了。

也許他早已擬好一個報復的計劃，日內就採取行動。

無論如何，蕭七、司馬東城他們這一次都總算及早發現。

所以在驚訝之餘，亦暗自慶幸。

司馬東城的神態也所以很快穩定下來。

韓生、雷迅的說話，她聽得很清楚，沉吟著應道：「兩位大概還不很清楚蝙蝠這個人的性格。」

雷汛道：「這個人的性格又怎樣？」

司馬東城道：「自負之極，非人間一戰之前，時常誇言江湖上沒有人是他的對手，事實也從未設計襲擊背後暗算敵人。」

雷迅冷笑道：「我那個女兒的失蹤又如何解釋？還有我那些手下的在茶寮被茶毒殺，又如何解釋？」

司馬東城道：「茶寮中下毒，以我看，乃是因為蝙蝠根本沒有將他們當做敵人。」

雷迅道：「這是說他認為他們不配？」

司馬東城道：「也許就是了——至於他的設計誘開令千金，不過是不希望令千金有任何的損傷。」

雷迅一皺眉，並沒有再說什麼。

司馬東城接道：「這個人還有一個怪脾氣，就是喜歡開玩笑。」

蕭七一怔道：「開玩笑？」

司馬東城頷首道：「只不過他開的玩笑除了他自己之外，只怕沒有人會感到有趣。」

蕭七苦笑了一笑，方待說什麼，一陣可怕的笑聲突然劃空傳來。

同時一陣勁風，竹濤亂響。

這一陣勁風，就像是被笑聲激發出來，竹濤聲響中，笑聲卻就更加可怕了。

笑聲入耳，所有人都幾乎一齊變了面色。

這種笑聲對他們並不陌生，尤其對司馬東城，辛五娘及那兩個婢女。

那正是無翼蝙蝠的笑聲！

笑聲從東面傳來，眾人循聲望去，又看見了蝙蝠。

蝙蝠還在竹林之外，高牆之外。

他竟然就站在東面那個平台上，仰天大笑，笑得是那麼得意。

司馬東城面色又一變，道：「地道的出口，若非在高牆之外，即使是橫越花陣，也必定距離花陣不遠，否則他不會這麼快就走到平台之上。」

蕭七道：「希望就是在花陣與高牆之間。」

司馬東城頷首道：「否則……蝙蝠必定要穿過那片花樹，才能夠來到平台，他既然能夠穿過那片花樹，那就非獨並不是一個白痴，而且聰明得可怕。」

蕭七道：「也許他對於奇門遁甲方面本就很有研究，但無論如何，要穿過那片花樹，神智都必然在正常的狀態之下。」

司馬東城道：「這當然他就知道如何對付我們。」

蕭七忽然深深的吸了一口氣，道：「大姐，有沒有第二條路可以趕快離開這片竹林？」

司馬東城道：「沒有，我們若是經竹林離開，必須循原路走回。」

蕭七道：「那要花相當時間，而且又一定逃不過蝙蝠的監視。」

司馬東城道：「就像我們方才觀察他一樣，他現在居高臨下，我們一切的舉動都絕對逃不過他的眼睛。」

蕭七微喟道：「那只好看他準備如何對付我們，才決定採取什麼行動了。」

司馬東城道：「除非他沒有惡意，否則可以肯定的說一句，我們是休想循原路退出去的了。」

蕭七不能不點頭。

笑聲這時候竟然還未停下來。

風吹更急，竹濤更響，天地間彷彿似暗下來，笑聲更就恐怖了。

蕭七目光一閃，道：「聽他這樣笑若說他不是一個瘋子，實在難以令人置信。」

司馬東城道：「現在我們倒是要希望，他真的是一個瘋子，白痴，無論如何，這總比一個正常人容易應付得多。」

蕭七道：「不錯！」

韓生插口道：「兩位是擔心那廝利用竹林中的機關佈置對付我們？」

蕭七道：「正是！」

雷迅道：「他雖然知道這裡機關的厲害，卻並不知道如何開動那些機關。」

司馬東城苦笑道：「那些機關我豈非說過早就已安排妥當了？」

蕭七接道：「否則我們進來之際也用不著步步為營。」

韓生嘆息道：「現在我們大概得期望那廝的神智突然又失常了。」

雷迅霍地一手握住刀柄，厲聲道：「與其等死，還是衝出去拚一個明白！」

韓生急伸手按住，蕭七一步橫移，道：「我們留在小樓之內反而比較安全，竹林中那些機關原就為了阻止蝙蝠離開而設置的。」

司馬東城卻道：「錯了！」

語聲甫落，蝙蝠恐怖的笑聲已停下。

一種難以言喻的恐懼，即時在眾人的心裡冒起來，亦同時一陣茫然。

那種感覺就像是行走間冷不防地面凹陷了一片，一腳踏空一樣。

蝙蝠笑，當然就安全得多，不再笑，只怕要出手的了。

眾人的目光不由都集中向蝙蝠那邊。

蝙蝠瘦長的身子那剎那突然往上拔起來，凌空翻了一個斛斗落下，右手已多了柄刀，彎刀！

那柄彎刀，有如一彎殘月，護手卻是一隻雙翼大展的蝙蝠，閃亮奪目。

秋菊一眼瞥見，脫口呼道：「蝙蝠刀！」

司馬東城接一聲呻吟，道：「他哪兒找來當年所用的蝙蝠刀？」

秋菊道：「據他說，這種刀一共有十三柄，卻只剩一柄，其他十二柄，都送了出去。」

司馬東城道：「送給他喜歡的十二個女人。」

蕭七插口問道：「還有一柄去哪裡？」

司馬東城道：「在我家。」接著解釋道：「蝙蝠被擊倒之後，人與刀都是送來這裡，刀鎖在家父書房一個暗格之內。」

蕭七道：「現在他手上這柄刀若不是那柄刀，那十二個女人之一的生命只怕就成問題了。」

司馬東城道：「那十二個女人可都是他喜歡的。」

蕭七道：「可是那十二個女人會不會喜歡他？還有，今日的蝙蝠已不是當年的蝙蝠。」

司馬東城沉吟道：「當年的蝙蝠，的確不曾聽說過殺過任何女人。」

蕭七道：「江湖上傳言的確如此。」

司馬東城道：「現在他以我們所知，已經殺了一個雷姑娘，而且是分屍。」

她苦笑接道：「不管他手上蝙蝠刀從何處得來，我們現在還是小心他拔刀作何打算。」

蕭十道：「小弟已經在小心了。」

事實非獨他，眾人的目光都沒有在蝙蝠身上移開。

蝙蝠舉刀過首，橫壓在頭上。

彎刀閃亮，遠看來，那簡直就不像一柄刀，只像是蝙蝠的頭頂突然出現了一道銀虹。

銀虹陡轉，橫轉直，筆直在蝙蝠眉心落下，突然又靜止。

刀鋒向外，刀脊就壓在蝙蝠的鼻尖眉心之上，刀芒已變成一線，卻更加觸目。

在蕭七他們眼中，蝙蝠的臉龐在彎刀靜止那剎那，彷彿就裂成兩爿。

刀彷彿就深嵌入蝙蝠的臉龐中。

——蝙蝠到底有什麼打算？

眾人不期再生出這個念頭，也就在那動念之間，刀芒又起了變化！

那一線刀芒閃電一樣從蝙蝠的面門飛出，一圈一翻一挑，平台石欄干的一截就給刀削斷，接給刀挑上半天！

眾人在小樓中都看得清楚，雷迅脫口道：「那廝到底在幹什麼？」

蕭七欲言又止，臉色凝重，從他的神情看來，似乎已知道蝙蝠在準備採取什麼行動。

司馬東城的神色比蕭七更凝重，顯然她也想到了。

欄干凌空未落，蝙蝠刀已入鞘。

他雙手旋即一翻，將那截石欄干接在雙手中，隨又笑起來。

笑得更得意。

他笑著突然說道：「你們都是聰明人！」

這句話當然有很多意思，蕭七、司馬東城相顧一眼，方待回答，雷迅已咆哮暴喝道：「蝙蝠！」

蝙蝠怪笑道：「在這裡，未知道雷大爺有什麼吩咐？」

雷迅到現在已能夠完全肯定在平台上的這個蝙蝠就是他們今天早上所見的那個，嗆啷的一聲金刀出鞘，指著蝙蝠厲聲道：「你真的就是那個蝙蝠？」

蝙蝠道：「蝙蝠本來就只有一個！」身子滴溜溜的忽一轉。

到他的臉再轉過來的時候，竟然已變了第二個人的臉，接問道：「你們可知道這是什麼原因？」

司馬東城脫口應道：「易容！」

她的語聲雖然不怎樣響亮，蝙蝠一樣聽得很清楚，大笑道：「聰明人到底是聰明人。」

一頓笑接道：「像你們這樣的聰明人當然知道我將要採取什麼行動，也當然知道應該如何應付了。」

語聲甫落，他雙手捧著的那截石欄干突然飛出，疾往竹林中飛進去！

司馬東城看在眼內，面色一變，失聲道：「不好！」

秋菊道：「那截斷石並不是向我們這邊擲來……」

司馬東城苦笑道：「這與一個人闖進竹林之內又有什麼分別？」

說話間，竹林中已響起了「通」的一聲，整塊地面也震動起來。

蝙蝠那一擲所用的氣力也顯然不輕。

一陣奇怪的聲響隨即在竹林中響起來，司馬東城入耳驚心，面色更難看。

秋菊的面色這時候也變了。

蝙蝠的怪笑聲又響起，怪笑聲中，瘦長的身子又往上拔起來，雙袖暴展，整個人彷彿就化成一隻奇大的黑蝙蝠，飛上半空！

只見他半空中一個風車大翻身，疾往下瀉下。

這一次卻不是落向那座平台，眨眼消失。

竹林中那種奇怪的聲響這時候更加響亮了。

司馬東城的面色越發難看，道：「竹林中的機關已經發動了！」

蕭七道：「我們現……」

司馬東城道：「現在闖出去只有一條死路！」

蕭七目光一轉，沉吟不語。

韓生道：「留在小樓中？」

司馬東城道：「家父早已經考慮到蝙蝠在此發機關之後，又退回小樓之內。」

韓生心頭一凜，道：「這是說，在竹林毀滅的同時，這座小樓……」

「也一樣毀滅！」司馬東城語聲一沉，忽然道：「第五第六道的機關也發動了。」

蕭七目光再一閃，忽然道：「我們難道就不可以利用蝙蝠挖的那條地道離開？」

司馬東城顯然已考慮到這一條生路，道：「這是惟一的生路，只希望蝙蝠在地洞之內沒有佈下了什麼陷阱。」

一頓接說道：「到這個地步，我們也顧不得那許多了！」目光轉向辛五娘，不等她開口，辛五娘已道：「我先走一步！」

語聲一落，她已躍下那個地洞。

眾人當然都知道這並非她貪生畏死，地道之內若是有什麼陷阱，第一個遭殃的也就是她了。

辛五娘身形方自地道之內消失，司馬東城就吩咐那兩個婢女：「你們倆快扶秋菊先走！」

那兩個侍婢不敢怠慢，左右伸手扶住了秋菊，急步往地道走去。

司馬東城目光再轉，道：「雷韓兩位英雄……」

雷迅立即道：「姑娘請先走一步，我們兄弟兩押後！」

司馬東城搖頭道：「現在並不是客套的時候，這裡的情形，兩位當然也沒有我清楚！」

語聲未已，竹林中竹濤大起，一條條的竹樹從中飛出，激射半天！

司馬東城道：「第九道機關也發動了！」再顧雷迅、韓生，道：「兩位還等什麼？」

雷迅、韓生到底也是爽快人，不再多說，先後急往地道裡走去。

司馬東城即時道：「小蕭，劍！」

蕭七劍立即出鞘！

「嗤嗤嗤嗤」的破空聲響立時四面響起，無數的暗器疾從竹林之內射出，四面八方向小樓射至！

那些暗器絕無疑問都是出機簧發射，急激之極！

司馬東城衣袖一拂，捲起了那張石床，擋住了一面的暗器，右手接一抖，嗆啷的多了一支軟劍，迎向射來的暗器！

蕭七三尺斷腸劍同時展開！

那剎那兩人彷佛早已有默契，不約而同身子一轉，背靠在一起，雙劍齊飛，護住了兩人的身子，也護住了那個地洞！

「叮叮」聲中，射來的暗器盡被兩人的劍擊落，都是長約廿寸的沒羽弩箭！

有些弩箭射進地面，亦有些射進小樓的柱子之內，最少也沒進一寸之深！

那若是射在身上，若是要害，一箭已足以要命！

小樓中長劍施展得開，以蕭七、司馬東城的武功劍術，還可以應付得來。

若是在竹林之內，竹樹縱橫，長劍根本就難以盡展，當然就沒有這樣容易應付了。

蕭七也明白，不覺道：「幸好我們並不是在竹林中。」

司馬東城道：「嗯。」

她方待再說什麼，霹靂聲響，一道火光疾從竹林中冒出！

蕭七失聲道：「火藥！」

司馬東城苦笑道：「你以為大姐說謊？」

蕭七亦只有苦笑，即時霹靂又一聲。

司馬東城面色又一變，頓足道：「快走！」

蕭七道：「還是大姐你先走！」一把抄住司馬東城左肩，推往地道。

司馬東城也不推辭，拾級急步往下走，蕭七亦往地道下倒退！

他一步方踏下地道的石級，小樓四面的柱子霹靂聲中突然片片碎裂！

在那些柱子之內竟然都藏有火藥！

火藥被引發爆炸，柱子碎裂，當然再也支撐不住，那座小樓立即塌下來！

這倒塌的聲響較之火藥的爆炸更加響亮，震耳欲聾。

蕭七雖已經在地道之中，耳朵仍然被震得嗡嗡的作響。

他一身灰塵，卻當然顧不得整理，急步往前行。

地道中漆黑一片，他幾次撞一壁上，在他的感覺，那條地道並不是筆直往前伸展。

他立即探懷取出一個火摺子，方待剔亮，已撞在一個人的身上。

柔軟的胴體，芬芳的體香，一切都是那麼熟悉。

蕭七雖然看不見，也知道這個是司馬東城，他隨即聽到司馬東城的聲音：「小蕭？」

「大姐，是我。」蕭七接將火摺子剔亮。

火光驅散了黑暗，照亮了地道，也照亮了兩人的臉龐。

司馬東城一面的關切之色，連隨拉住了蕭七的臂膀，道：「若不是你，無論是什麼人，我現在都怕已給嚇昏了。」

蕭七道：「大姐的膽子不是一向很大？」

司馬東城噗哧笑道：「可是跟著來的，應該就只有你一人，若是有第二個，那只怕就不是人，是鬼了。」

蕭七笑接道：「好像這樣的地方，就是有鬼出現也不足為怪。」

司馬東城聽說打了一個寒噤，再也笑不出來。

蕭七這時候才看清楚那條地道，上下左右都是犬牙交錯，高低凹凸崎嶇不平。

司馬東城接問道：「你可曾見過這樣子的地道？」

蕭七道：「沒有——這條地道似乎是倉猝挖成。」

司馬東城搖頭道：「下來地道的那道石級不是非常完整？」

蕭七「嗯」一聲，道：「蝙蝠既然能夠弄得出那樣的一道石級，沒有理由不弄條平坦的地道來。」

司馬東城道：「方才我就是因為那道石級，以為下面的地道也必定很平坦，所以幾次撞在壁上，也險些摔倒。」

蕭七道：「這莫非是蝙蝠故意將這條地道弄成這樣？」

司馬東城道：「只怕就是了。」她沉吟接道：「無論他弄成怎樣，對於他都沒有多大影響的。」

蕭七道：「因為他是個瞎子。」

司馬東城道：「可是，他這條地道若是只挖來給自己行走，也應該弄得好走一點，由此得知他早已知道有此一天。」

蕭七沉吟道：「蝙蝠這個人縱然很多時不怎樣清醒，在他清醒的時候，相信與當年並無多大分別，大姐，小弟現在倒真的捏一把冷汗。」

司馬東城又打了一個寒噤。

他們一面說話一面前行，地道中迴聲極大，他們的語聲聽來也不像原來的聲音。

一陣陣隆隆的聲響從來路傳來，就像是一隻怪獸在不停的吼叫。

那到底是那座小樓倒塌的聲音，抑或是火藥爆炸，已經分不出。

他們走過的地方，很多處泥土簌簌剝落，整條地道彷彿在震動，彷彿隨時都會倒塌。

司馬東城步高步低的前行，面色已變得蒼白。

蕭七的面色也不怎樣好看，行走間，忍不住說道：「這條地道說不定也會崩塌！」

話口未完，後面一截地道就「轟隆」地塌下來。

司馬東城脫口驚呼，縮入蕭七懷中。

蕭七忙道：「我們快走！」擁著司馬東城急步前行。

司馬東城忽然道：「小蕭，你害怕？」

蕭七道：「大姐難道不害怕？」

司馬東城搖頭，道：「大概因為你在身旁。」

蕭七嘪道：「可惜我也只是一個人，地道若是塌下來，也只有等死。」

司馬東城幽幽地一聲嘆息，道：「能夠死在你的面前我卻是沒有什麼遺憾了。」

蕭七苦笑。

司馬東城道：「我雖然已活得不耐煩，兄弟你年紀還輕，這樣死掉卻未免太可惜，所以運氣好壞是一件事，我們還是盡力前奔！」

蕭七嘪道：「大姐什麼時候變得這樣子傷感？」

司馬東城道：「這也許才是大姐本性，生死關頭，終於露出來。」

蕭七沉默了下去。

「轟隆」又一聲，後面又一截地道倒塌，而且繼續塌前來。

蕭七面色大變，急呼道：「大姐快走！」把手一推！

司馬東城當機立斷，道：「兄弟小心！」身形前掠。

她當然知道若是不這樣，蕭七一方面要兼顧她，一方面不能放開腳步，結果就真的只有死在一塊兒！

蕭七尚未來得及回答，頭頂一大塊泥土已塌下來！

他輕叱一聲，身形前掠，反手一劍刺上去！

一劍刺出，勁風呼嘯，當頭塌下的泥土被他一劍抵住！

劍脫土崩，蕭七人掠前一丈！

那條地道竟然緊追著他塌下來，「轟隆隆」之聲不絕！

蕭七一劍劍不停刺出，藉以暫時擋住下塌的泥土，也藉力掠前！

他的身形有如箭射，身上的衣衫肌膚多處被劃破。

這些皮外傷他當然不在乎。

火摺子已熄滅，但地道崩塌，也漏進了天光，雖然沙塵飛揚，以蕭七目光的銳利，仍然分辨得到道路。

地道中尚且變成這樣，地面上變成怎樣，蕭七實在不敢想像。

那十三道機關埋伏的厲害，他雖然沒有一一見識得到，亦知道確實足以將附近一帶夷平，若是身在竹林之內，有幾分生機簡直就可想得知了。

這十三道機關埋伏要花費多少人力金錢，要花費多少心血，更就可想得知，而目的，只為了囚禁一個白痴！

這是否值得？

蕭七現在倒有些懷疑，司馬中原他們的腦袋是有些問題了。

地道終於停止崩塌，蕭七的身形卻沒有停下，繼續急掠向前。

再前七丈，又看到了天光，看到了一道石級。

司馬東城就等在石級之下，神情緊張，看到蕭七，才鬆過一口氣。

蕭七亦吁了一口氣，劍這才入鞘，身形一緩，三兩步走到司馬東城的面前。

司馬東城握住了蕭七的手，整個身子都在顫抖，半晌才說道：「我們上去。」

蕭七道：「他們怎樣了？」

一個聲音應道：「沒有事。」是雷迅的聲音。

他接著探頭道：「兩位又怎樣了？」

司馬東城道：「我很好，小蕭受了一些傷。」

蕭七笑接道：「只是皮外傷。」

雷迅大笑道：「你還能夠笑得出，我們就很放心了。」

笑語聲中，司馬東城、蕭七拾級而上。

◇

地道的出口乃是在花陣中，那其實已經是花陣的邊緣，前行不用兩丈就可以走出

花陣。

那兩丈距離並無岔路，也實在還未入陣。

司馬東城出了地道，四顧一眼，忽然嘆了一口氣，道：「現在若說那蝙蝠是一個白痴，第一個我就不相信。」

蕭七亦自嘆息道：「若說他是一個瞎子我也不相信。」

司馬東城卻應道：「這可是事實。」

蕭七道：「大姐真能夠肯定？」

司馬東城道：「也根本就不是一個秘密，很多前輩都清楚。」

蕭七怔了一會，道：「但這條地道簡直就算準距離一樣。」

雷迅接口道：「可不是，一個瞎子竟能夠挖出一條這樣的地道，本來就難以令人置信。」

司馬東城道：「他一生的作為原就都很難以令人置信，這條地道之所以恰好挖到這裡，也許就只是巧合。」

韓生嘟喃道：「這不無可能，巧當然就巧一些了。」

雷迅道：「奇怪的卻是他沒有在地道出口襲擊我們，否則憑我們的武功……」

他沒有說下去，但是以蝙蝠的武功，若是在地道出口襲擊有什麼結果，每一個人也都明白。

蕭七嘆息道：「這個人的作為也實在出人意外，總不成方才火藥爆炸，驚天動地，連他也嚇呆了，又或者給嚇得精神再失常，忘記了應該守在地道口外？」

司馬東城道：「那都不無可能，怎樣也好，我們既能夠逃過此劫，實在值得高興。」

雷迅道：「現在我們該怎樣，去將蝙蝠搜出來？」

司馬東城道：「若是我沒有判斷錯誤，現在他只怕離開這裡了。」

她接著解釋：「司馬山莊雖大，可以藏人的地方不多，他若非神智錯亂，應該會想到我們必定會到處搜查。」

雷迅道：「那邊竹林是否還可以藏人？」

司馬東城道：「竹林一帶現在只怕已夷為平地了。」

她身形接動，掠上了一株花樹之上，放目向竹林那邊望去。

蕭七亦掠上了旁邊的一株花樹。

目光所及，蕭七面色大變，司馬東城雖然有心理準備，但一看之下，亦不由變了面色。

在他們前面不到三丈的花樹竟然已完全被摧毀，花陣之外的那道高牆亦已倒塌，煙硝四起，竹林之中更就是火光熊熊。

他們雖然離開那麼遠，也竟然覺得熱力迫人。

蕭七卻倒抽了一口冷氣，道：「大姐，這場火我看是人力很難熄滅了。」

司馬東城無言點頭。

蕭七接道：「幸好有那一道高牆阻隔，火勢不會蔓延開來。」

司馬東城頷首道：「以我看，家父築那一道牆的用意也就在這裡。」

蕭七搖頭道：「小弟實在不明白。」

司馬東城道：「不明白浪費這許多金錢人力來囚禁一個白痴？」

蕭七苦笑道：「前輩高手難道真的是那麼拘泥固執？」

司馬東城沒有作聲。

雷迅、韓生這時候亦已先後掠上來，看見那邊竟變成那樣子，亦無不色變。

蕭七轉顧兩人，道：「我們今天亦可謂死裡逃生了。」

雷迅一怔，道：「大難不死，必有後福，這未嘗就不是一件值得高興的事情。」

司馬東城一笑，道：「這個也是！」飄身躍下。

蕭七緊隨掠下花樹，道：「大姐，你有什麼打算？」

司馬東城道：「你是擔心蝙蝠仍留在附近，我會有生命危險？」

蕭七道：「不能不擔心。」

司馬東城笑道：「他若是要算計我，早就已有所行動了。」

蕭七道：「現在不同，他的秘密已暴露，已可以放開手腳。」

司馬東城道：「以你的意思？」

蕭七尚未回答，司馬東城又問道：「有什麼地方你認為是絕對安全的？」

蕭七沉吟不語。

司馬東城道：「你想不出來？」

蕭七苦笑，司馬東城接道：「因為根本沒有，反而司馬山莊之內，還有一個應該很安全的地方。」

蕭七一怔。

司馬東城笑問道：「家父既然能夠設計一個這樣囚人的地方，你以為能否弄出另一個更鞏固的地方？」

蕭七道：「當然能夠了。」

司馬東城道：「一般莊院通常都有一處地方建築得特別鞏固，以備不時之需，司馬山莊也不例外。」

蕭七道：「嗯。」

司馬東城道：「雖然沒有一個地方是絕對安全的，但蝙蝠縱然有所行動，要攻進去也不易。」

蕭七道：「他也不會有這麼多的時間，而我們由今天開始，一定全力去追尋他的下落。」

司馬東城道：「我本該與你們一起去的，只是大姐是怎樣的一個人，你應該清楚。」

蕭七道：「大姐不喜歡到處走動，我很清楚。」

司馬東城道：「你們卻是要與我保持聯絡，好教我趕得及與你們聯手對付蝙蝠。」

蕭十道：「大姐用不著操心。」

司馬東城道：「你劍術雖好，但應付蝙蝠之外，還要小心一個王無邪，大姐怎能不擔心。」

蕭七道：「生死由命，小弟盡量小心就是了。」

司馬東城轉顧雷迅、韓生，道：「兩位若是不反對，我想將秋菊留下。」

雷迅立即點頭，道：「我們到處找蝙蝠，總不能將秋菊帶在身旁，司馬山莊無論如何比鏢局安全，有姑娘一旁照料，我們更就放心了。」

韓生道：「小弟也是這意思。」

秋菊當然就更沒有意見了。

十四　驚天動地

午夜雲更薄，陽光卻仍然非常溫柔。

蕭七、雷迅、韓生三人走出了司馬山莊，在看過司馬東城居住的地方之後，他們都放下了心。

那無疑是一個很安全的地方，最低限度，比他們知道的任何一個地方都安全。

蕭索秋風吹來了一陣陣焦臭的氣味，回頭望去，竹林那邊煙硝沖天，火勢仍然未熄滅。

他們不由又想起那片刻的凶險。

像。

蕭七已換過一身新衣，司馬東城雖然說那是她父親留下的，但無論怎樣看都不像。

顏色與款式都是蕭七平日慣穿的那一種，而剪裁更就恰到好處。

蕭七雖然沒有見過司馬東城的父親司馬中原，不知道他的身材是否與自己完全一樣，卻也不相信事情會這麼巧。

司馬東城雖然沒有明言那是她親自特為蕭七縫的衣裳，但從她的神態，蕭七已看得出。

他沒有說穿，內心的感動卻已在眼瞳之中表露無遺。

司馬東城卻接著嘆了一口氣，神態也變得蒼涼之極。

她到底是怎樣的一種心情？蕭七只怕也不大清楚，只怕就只有她自己才知道。

她一直送到莊院門外，目送蕭七去遠才轉回，那一臉的哀愁更濃重。

山莊中的秋意也似乎因此更深了。

馬嘶在秋風中，韓生忽然策馬追前，問道：「蕭兄，我們現在應該從何處著手調查？」

蕭七沉吟了一會，道：「天龍古刹！」

韓生怔住，雷迅亦奇怪問道：「蕭兄弟，莫非你忽然想起了那兒有什麼可疑之處？」

蕭七搖頭，道：「昨夜我們雖然帶備燈火，但夜間到底看得不怎樣清楚，所以我打算再走一趟。」

一頓卻又道：「不怕說，我總覺我們好像疏忽了一些什麼。」

韓生追問道：「到底是什麼？」

蕭七道：「我也不知道，或者這只是一種錯覺，根本沒有什麼被我們疏忽過去。」

韓生沉吟不語，雷迅道：「昨夜我們不是已經搜查很仔細？」

蕭七道：「所以這一趟再去，很可能亦是什麼收穫也都沒有。」

韓生道：「不過既然是茫無頭緒，我們亦無妨再走一趟，或者正如蕭兄所說的，我們昨夜真的疏忽了什麼。」

雷迅也不反對，道：「好的。」

蕭七沒有再說什麼，催騎奔前。

由司馬山莊到天龍古剎雖然不太遠，但早一刻趕到去，就多一刻的時間觀察。

他心中雖然到現在仍然捕捉不到任何意識，卻知道，自己之所以生出這個念頭，一定是突然發覺什麼地方不妥，又或者是被什麼東西觸發這個奇怪的感覺。

到底他疏忽了什麼地方？

三騎終於又來到天龍古剎。

在光天化日之下，天龍古剎雖然沒有在夜間那麼陰森，卻是遠比在夜間蒼涼。

到處頹垣斷壁，長滿野草。

草長及膝，泰半已經枯黃，秋風吹過，「悉索」之聲不絕，秋意更覺蕭瑟。

蕭七匹馬當先衝上寺前石階，衝入莊院，在草叢中將馬勒住。

雷迅、韓生兩騎緊緊相隨，也在草叢中將坐騎勒住。

蕭七縱目四顧，「刷」地翻身下馬，道：「我們仍然由這裡開始。」

雷迅、韓生並不反對。

蕭七也沒有多說什麼，放步走前，他走得並不慢，但所經過的地方都非常留意。

雷迅、韓生也著意到處打量。

他們所走的路線與昨夜大致上並無不同，亦沒有任何發現。

一直到走到後院，來到那崩塌的後殿之前，蕭七突然怔住在那裡，目光亦凝結，直勾勾的盯著那一堆頹垣斷壁。

韓生第一個發現蕭七神態異樣，脫口道：「蕭兄怎樣了？」

蕭七沉默了半晌，才說出一句話來。

一句很奇怪的話：「昨夜並沒有下雨。」

昨夜他們整夜都沒有睡覺，有沒有下雨，應該很清楚。

雷迅只聽得怔住，韓生卻聽出蕭七說話另有深意，道：「非獨昨夜沒有，這幾天也沒有。」

蕭七忽然笑起來，道：「現在我明白昨夜到底是疏忽了什麼，離開司馬山莊的時候，又為什麼會有所感覺了。」

雷迅道：「到底是怎麼回事？」

蕭七道：「司馬山莊圍在竹林外那道高牆因為火藥爆炸倒塌……」

雷迅道：「這又有什麼關係？」

蕭七道：「兩位可發覺那道高牆倒塌之後的情形與這裡有什麼分別？」

韓生目光閃動，道：「沒有多大分別。」

雷迅道：「這是說，我們眼前這座殿堂也是被火藥炸塌了？」

蕭七道：「到底是如何倒塌沒有關係。」

韓生接解釋：「蕭兄的意思是說，這座殿堂看來也是才倒塌不久。」

雷迅動容道：「哦？」

蕭七道：「若是已倒塌多時，倒塌的痕跡絕不會這樣子新淨，這幾天也沒有經過雨水洗刷，所以如果我沒有看錯，這座殿堂的倒塌，還是這一兩天的事情，甚至也許就是在昨天！」

雷迅道：「那是鳳兒與蝙蝠惡鬥的結果。」

蕭七沉默了下去，韓生亦沒有作聲。

雷迅看著他們，接問道：「我說的難道不對？」

韓生道：「蝙蝠本意既然是不想傷害鳳兒，將鳳兒引到這裡，必定已經做好了安排。」

雷迅道：「那麼你們以為這座殿堂怎麼會倒塌？」

蕭七道：「我在想——會不會是為掩飾什麼？」

韓生道：「蕭兄的意思是要將它翻開來看看？」

蕭七道：「不錯！這當然是一件很麻煩的事情，但是在毫無線索的情形之下，任何可疑的地方我們都不能放過。」

韓生點頭道：「我這就去召集人手。」腳步還未動，雷迅已伸手阻止，道：「憑我們三個人的體力，相信已可以應付得來。」

韓生道：「只怕在我們筋疲力盡之際，蝙蝠突然出現襲擊。」

雷迅大笑道：「諒他也沒有這個膽量！」

韓生笑一笑，並沒有再說什麼。

雷迅笑聲接一斂，道：「大哥是怎樣脾氣，二弟你應該清楚。」

韓生道：「小弟早就知道大哥一定等不及了。」

雷迅道：「那你還多說什麼？」

韓生並沒有多說，捲起了袖子，隨又笑對蕭七道：「蕭兄卻是要小心一些才好，若是弄破了這襲新衣，你那個大姐說不定要生氣了。」

蕭七微怔，接笑道：「大姐本就知道我一襲衣衫穿不了多久。」

語聲一落，一腳勾起了一條折斷的樑木，接在手中，連隨又送出，撞在一片瓦面上！

「隆」然一聲瓦礫飛揚，數十片瓦片被撞得疾飛了開去！

雷迅看在眼內，大吼一聲：「好！」身形欺前，雙掌一錯一插一翻，擋在他身前一條柱子硬被他托起來！

他再吼一聲，將那條柱子擲出院子荒草叢中，「隆」然又一聲巨震。

那條柱子雖斷去一半，重量也不輕，他雙臂若是沒有千斤之力，只怕也動不了它！

韓生也被激起了滿腔豪氣，虎跳上前，抓起了另一條樑木不住的揮動，就像蕭七那樣將那些瓦礫磚石挑飛撞飛！

塵土一時間漫天飛揚，轟轟隆隆的聲音響過不絕。

蝙蝠聽得很清楚，因為他距離後殿並不太遠。

他就仰臥在前殿屋脊的陰影中，半瞇著眼睛，雖然看不見，只聽聲音已知道蕭七三人在幹什麼。

在蕭七三人走進後院之後他才出現，蝙蝠般飛越高牆，飛進遍地荒草的前院，再飛上前殿的滴水飛簷滾進屋脊的暗處。

他的輕功非常好，整個人的確簡直就像是在飛！

江湖上傳說他是一個瞎子，他也不否認，而事實，亦的確像是一個瞎子。

可是這若非巧合，一個瞎子竟然知道選擇陰暗處藏身，未免太不可思議。

現在他看來，就只像是一團陰影，除非躍上了瓦面，否則不容易發覺他的存在。

若不是追蹤蕭七三人到來，那就是他們的行動早就在他的意料中了。

這若說蝙蝠是一個白痴，又有誰相信？

瓦面上風吹更急勁，吹起了蝙蝠蒼白的鬚髮，他仰臥在那裡，神態異常的鎮定，整個身子卻像是僵硬了的也似，一動也都不一動。

也不知過了多久，他忽然吁了一口氣，喃喃道：「蕭七果然是一個聰明人，比我想像中的還要聰明。」

然後他滿佈皺紋的臉龐抽搐了一下，又喃喃自語的道：「我應該怎樣？」

這句話出口，他又陷入了沉思之中。

又過了半晌，他的臉上露出了一種非常怪異的笑容，自語道：「在密室之內，他們絕對找不到絲毫線索，我應該趁他們在洛陽附近一帶打轉的機會，先找那幾個人！」

語聲未已，他瘦長的身子就彈了起來，雙袖乍展，貼著瓦面蝙蝠般掠出！

掠下前院，再掠前，飛越高牆！

毫無疑問，他是不準備再監視蕭七三人。

他口中的那幾個人到底是什麼人？

為什麼他要找他們？

未到黃昏，已近黃昏。

堆積的瓦礫磚石已終於被消除，後殿的地面再次出現。

蕭七三人一身衣衫汗水滲透，神態亦顯得有些疲倦，但又顯得有些兒緊張。

在磚石瓦礫中，他們發現了好幾隻死蝙蝠，有的已經被壓扁，但亦有兩隻因為在縫隙間，仍然保存得很好。

其中的一隻毫無疑問是被利刃削成兩片。

雷迅盯著那隻蝙蝠，忽然問蕭七：「蕭兄弟，這隻蝙蝠你可有什麼意見？」

蕭七反問道：「以前輩看呢？」

雷迅道：「傳說中，那無翼蝙蝠能夠指使真正的蝙蝠向敵人襲擊。」

蕭七道：「也是說，這隻蝙蝠是襲擊的時候被那個敵人斬殺。」

雷迅道：「毫無疑問這隻蝙蝠是被兵刃斬成這樣。」

蕭七道：「牠們襲擊的那個人只……」

「只怕就是小女了！」雷迅金刀嗆啷地出鞘，以刀尖挑起那隻蝙蝠！

那隻蝙蝠被挑上半空，他連隨反腕一刀削出！

刀光一閃，那隻被斬成兩片的蝙蝠又再被斬成兩片！

雷迅接道：「你們看刀口是不是一樣？」

刀口果然是一樣。

雷迅跟著解釋道：「小女所用的那柄刀重量雖然與我用的差很多，但形狀弧度完全一樣，鑄造的金屬亦是較輕。」

蕭七道：「昨夜進來這座殿堂的人應該就只有令千金一個，縱然有其他的人，亦不會那麼巧，用一把同樣的刀。」

雷迅道：「為什麼她要斬殺那些蝙蝠？」

蕭七道：「前輩認為就是因為那些蝙蝠襲擊她？」

雷迅道：「這是一個很合理的解釋，是不是？」

蕭七並沒有否認。

雷迅接說道：「換句話說，鳳兒就是在這裡遇害，而在昨夜我們到來之前，這座殿堂仍未倒塌。」

蕭七道：「若說是因為打鬥弄至屋子倒塌，這種可能性似乎不大。」

雷迅道：「鳳兒的內力並不太好，殿堂內有足夠的地方交手，蝙蝠也用不著將之震塌。」

蕭七沉吟道：「那是勝負已分出之後才發生的事情，目的只怕就在要掩飾什麼的了。」

韓生插口道：「我敢肯定，定不是為了掩蓋那些死蝙蝠。」

雷迅道：「當然了，即使他真的要清理那些死蝙蝠，也不用花這麼大的氣力。」

韓生目光一掃，道：「我們在清除那些瓦礫的時候，亦並無任何發現。」

蕭七又沉吟了一會，道：「問題莫非就出在這塊地面之下？」

雷迅一怔，道：「總不成這下面有一個密室！」他說著刀一翻，以刀柄在地面敲了幾下。

這只是一種下意識的舉動，可是聽到那敲擊的聲音，三人不由都一呆。

蕭七脫口一聲：「空的！」

雷迅身形立即展開，刀柄連連敲下，迅速敲遍整塊地面。

蕭七、韓生傾耳細聽，到雷迅停下動作，韓生就說道：「只有我們站立的這附近是空的。」

雷迅道：「將它破開來一看！」刀入鞘，反手托起了一條折斷的樑木。

韓生一閃身到雷迅身旁，雙手亦抓住了那條樑木，接呼道：「蕭兄且退過一旁！」

蕭七道：「好！」身形一動，倒退半丈。

雷迅、韓生連隨一聲暴喝，雙雙舉起那條樑木，疾往方才站立的地方撞下去！

「轟隆」一聲巨響，地面碎裂，卻未塌下！

兩人方待再撞，蕭七立足那附近的地面突然分開，出現了一個大洞。

蕭七冷不提防，整個身子立時下墮！

他右手拔劍，左手急忙抓向地洞的邊緣，卻相差一寸抓不到，方待再抓，身形已然著實！

那剎那他已然看清楚那下面是一塊傾斜的金屬板，並不是什麼刀山劍池。

他的劍原打算搶在身軀的前面，那剎那亦改變了主意！

就在他改變主意的剎那，雙腳已落在金屬板之上！

那塊金屬板光滑之極，他雙腳才著實，立即下滑。

——那下面是什麼地方？我應該怎樣做？

十多個念頭迅速在蕭七的腦海掠過，他最後決定還是聽其自然，下去一看究竟。

這時候，已根本由不得他的了，到他有決定，人已陷入一片黑暗中！

他的身形仍然不停的往下滑。

一種冰冷的感覺從脊骨直透上來，他知道自己是沿著一條金屬管子往下滑。

一種難以言喻的恐懼同時襲上他的心頭。

他忽然有一種想叫出來的衝動，也就在這個時候，管子猛一折，他的身子亦隨著一折，剎那陷入了一種虛無的狀態中！

周圍仍然是一片黑暗，什麼也看不見，他就在黑暗中下墮！

沒有任何的憑藉，周圍什麼都沒有，連空氣彷彿也都沒有。

——地獄？

蕭七的心頭陡然出現了這兩個字，動念未已，他的身子已「噗」地掉在一團軟綿綿的東西上！

他終於發出了一聲驚呼，然後他整個身子都動起來，霍地打了一個滾，躍起了身子，一支劍同時護住身上要害！

一劍雖然沒有刺出，已隨時準備刺出，現在的他就像是一頭刺蝟，混身上下佈滿了尖刺，也充滿了危險！

他仍然看不見東西，眼前一片漆黑，傾耳細聽，也聽不到什麼。

四面無風，什麼聲響也沒有，卻竟然給人殺機四伏的感覺，就連腳踏的地方也不能使人感覺絲毫安全。

那甚至給人一種不真實的感覺，彷彿隨時都會再下陷。

——這到底是怎樣的一處所在？

蕭七很自然的伸手進懷中，取出一個火摺子，「刷」地剔亮！

火光迅速的驅散了黑暗。

漆黑之中，不怎樣明亮的火摺子也變得明亮非常，蕭七甚至感覺短暫的刺目，藉著這火光，他總算看清楚這個地方。

一瞥之下，他當場目定口呆，心中的驚訝絕不在當夜雷鳳之下。

他驚訝未已，頭頂異聲響動，兩個人緊跟著先後摔下來。

第一個是雷迅，跟著當然就是韓生！

雷迅刀已經在手，著地噗一個滾身，金刀連隨就換了兩個刀花！

第二個刀花才換出，就在半空中消散，雷迅整個人都怔住。

韓生亦怔住，呆坐在管下，甚至不知道站起身來。

有生以來，他們還是第一次置身一個這樣奇怪的地方。

怔了好一會，雷迅陡地怪叫了起來：「這到底是什麼地方？」

沒有人回答他。

雷迅仗刀走前了幾步，目注左面牆壁，呻吟道：「屁股！」

在那面牆壁之上，嵌著無數個屁股，種種不同的屁股。

右面牆壁則是無數的乳房。

前面是腳，後面是頭，線條輪廓都無不美麗，隨便找一份嵌起來，絕無疑問就可以嵌成一個面貌很美麗，身裁很動人的女人。

雷迅左顧右盼，脫口大呼道：「一定是蝙蝠雕刻的地方，江湖上傳說，蝙蝠原是一個雕刻名匠，最喜歡雕刻女人！」

蕭七、韓生不由都點頭。

韓生突然跳起來，怪叫道：「刀！」

在他身旁的錦緞之上，放著一柄刀，那柄刀他幾乎立即就肯定是雷鳳的佩刀。

雷迅目光一落，亦立即分辨出來，叫道：「是鳳兒的！」

他隨即舉步走過去，將那柄刀執起來，一面看一面道：「沒有錯，是鳳兒的佩刀！」

韓生道：「鳳兒曾經到過這裡，是絕無疑問。」

蕭七道：「顯然也是像我們這樣掉下來。」

雷迅沉痛的道：「在掉下來的時候，她只怕已經沒有氣力再出手的了，否則，她絕不會將刀棄在錦緞上。」

韓生突然又叫了起來：「你們看那邊！」

他戟指著室正中那個平台，蕭七循指望去，皺起了眉頭，雷迅卻變了面色。

在平台的旁邊，放著一個赤裸的女人的木像，面部的輪廓在三人來說，都不陌生。

那個女人面部的輪廓實在太像雷鳳，蕭七雖然只見過雷鳳一面，多少亦有些印象，今晨亦仔細看過雷鳳的屍體，所以看到這個木像的時候，亦有一種似曾認識的感覺。

雷迅當然一眼就看出來，他呆了一會，放步疾衝了過去，衝到那個木像的面前，雙手捧著那個木像的臉龐。

蕭七、韓生雙雙亦衝了過去。

雷迅端詳了一會，悲嘶道：「是鳳兒！」

那確實就是蝙蝠替雷鳳刻的木像，他雖然沒有眼睛，卻有一雙靈活的魔手。

那個木像刻得與真人完全一樣，就只是缺乏了一樣東西。

——生命！

韓生的面色也變得很難看，蝙蝠是一個瞎子，如何能夠刻出這樣迫真的木像，實在不難想像得到。

雷迅整個身子都起了顫抖，咬牙切齒道：「蝙蝠，你等著，雷某人與你拚定了！」

蕭七插口道：「前輩千萬要珍重。」

雷迅大笑，道：「在未找到蝙蝠之前，我一定會珍重！」

韓生目光一轉，道：「木像上染有血，地下也有！」

雷迅的目光亦轉動，道：「這只怕就是鳳兒喪命的地方！」

韓生道：「蝙蝠在完成木像之後就將真人殺掉，這個人難道瘋了！」

雷迅道：「縱然沒有瘋，也絕不會是一個正常人。」

韓生目光四掃，道：「這室中那麼多木像，死在他手下的人可真不少了。」

雷迅道：「看木質色澤，那些木像有很多都不像是近日刻的。」

韓生道：「有些卻很新。」

雷迅握拳道：「像一個這樣的邪惡之徒，司馬中原他們竟然讓他活下來，可恨啊可恨！」

韓生忽然道：「只怕他們是另有打算。」

雷迅道：「哦？」

韓生道：「以常理推測，蝙蝠縱然已重傷，又變成白痴，危險的程度仍然很高，論理他們最低限度也應該廢去他一身武功。」

雷迅道：「這件事的確有些可疑。」

韓生道：「可惜連司馬中原都已死亡，我們不能夠細問原因。」

雷迅道：「這件事與鳳兒的死亡只怕並沒有任何關係。」

韓生道：「應該是沒有。」

雷迅道：「鳳兒的失蹤，當然就是蝙蝠要拿她來雕刻這木像，至於他為什麼這樣做，相信並不是我們能夠了解。」

韓生道：「這也許是他的嗜好，但無論如何，我們與他都是拚定了。」

說話間，火光已逐漸暗下來，蕭七卻竟似毫無所覺。

他瞪著眼睛，瞪著那個平台，彷彿發現了什麼。

火光終於熄滅，周圍又陷入了一片漆黑中。

那不過片刻，「刷刷刷」三聲，三個火摺子差不多同時亮起來。

這三個火摺子分別握在三人的手中。

蕭七一手握著火摺子，一手按在平台上，目光又凝結。

雷迅、韓生這時候才發覺蕭七的神色有異，韓生忍不住問道：「蕭兄在看什麼？」

蕭七如夢初覺道：「你們看這平台。」

十五 紫霞女劍客

明亮的火光照耀之下，雷迅、韓生除非不在意，否則亦不難看到平台上刻著一些字。

那些字雖然不正，字痕也很淺，但勉強仍然可以分辨得出。

「黑牡丹、白芙蓉、勞紫——」雷迅皺眉道：「這又是什麼意思？」

那總共才得八個字，在紫字下面還有短短的一劃，嵌著一片帶血的指甲。

蕭七應聲道：「那只怕是三個人的名字，黑牡丹——」

韓生突然截口道：「山東黑牡丹，河北白芙蓉！」

雷迅目光一閃，道：「那兩個女娃子不是早已退出江湖？」

蕭七插口問道：「她們是什麼人？」

雷迅道：「是多年前江湖上的兩個名女人，據說武功很不錯，人長得十分漂亮，有一個時期，風頭相當勁，但先後都退出了江湖，據說是嫁人去了。」

蕭七道：「是什麼時候的事情？」

雷迅道：「相信有十多年了。」

他沉吟接道：「黑牡丹我見過一面，不錯，是一個美人兒，至於武功怎樣可不清楚。」

蕭七沉默了下去。

韓生接口道：「那個勞紫——會不會是西華劍派的勞紫霞？」

雷迅點頭道：「只怕就是了，她們都是同一時期的風頭人物。」

蕭七伸手拔出了嵌在平台上的那片指甲，道：「這些字絕無疑問是以指甲刮出來的，鳳姑娘右手拇指的指甲不是脫落了！」

雷迅面色一變，道：「不錯！」他從蕭七的手上接過那片指甲，細看了一會，道：「這該是拇指的指甲，我們既然已肯定鳳兒就在這裡遇害，那該就絕無疑問——」

蕭七道：「鳳姑娘大概知道難逃一死，所以在平台上刻下這些字，希望我們找到發現，卻就在她刻到那個霞字的時候，蝙蝠突下殺手，他既然是一個瞎子，當然不知道鳳姑娘已經在平台上留下線索……」

「線索？」雷迅皺眉。

韓生道：「蕭兄弟莫非懷疑，黑牡丹、白芙蓉等人也是蝙蝠的同黨？」

蕭七道：「我們莫忘了，蝙蝠在茶寮中曾經對秋菊他們說，他一共有十三柄蝙蝠刀，其中的十二柄送給了他喜歡的十二個女人？」

雷迅、韓生當然都沒有忘記。

蕭七接道：「黑牡丹，白芙蓉，勞紫霞只怕都是在那十二個女人中。」

他目光一掃，繼續道：「從這個室周圍的雕刻看來，蝙蝠對於雕刻的對象顯然經過選擇，甚至只是將最美好的部份留下。」

雷迅、韓生連連點頭。

蕭七又說道：「蝙蝠是一個瞎子，雖然有一雙巧手，總不能摸遍每一個女人來選擇他雕刻的對象。」

雷迅道：「那是憑——」

「耳朵！」蕭七沉吟道：「如果我推測沒有錯，眾人口中的美人，一定成為他選擇的對象，正如黑牡丹，白芙蓉——」

韓生道：「勞紫霞也是——」

雷迅道：「這個女娃子的名氣猶在黑牡丹、白芙蓉兩人之上，若是我們的消息沒有錯誤，她的人應該仍在江湖。」

韓生道：「近這十年來，江湖上有一個無名的女殺手，她殺人卻並非因為錢，也沒有人請得動她。」

雷迅道：「她殺的只是開罪她的人，誰若開罪她，那怕是千里萬里，她也會追去，追那個人的人頭。」

蕭七靜靜的一旁聽著。

雷迅接說道：「有人說，她就是當年西華派的女劍客勞紫霞，以我所知，很多人亦都證實。」

蕭七道：「這個人我認識。」

雷迅奇怪的望著蕭七。

蕭七接道：「她是長年一身白衣，散髮披肩，用一柄嵌滿了寶石的劍。」

雷迅道：「就是她，你怎麼認識她的？」

蕭七道：「說來已經是兩年前的舊事，她在殺虎口中了追魂十二煞的埋伏，身負重傷，猶自浴血死戰，恰好我路經。」

雷迅道：「你救了她的性命？」

蕭七道：「追魂十二煞是怎樣的人，老前輩總該清楚。」

雷迅大笑道：「我也清楚你是一個名符其實的俠客。」

蕭七道：「事後她傷重不支昏倒，昏迷中總算回答我，她家中所在……」

雷迅道：「你將她送了回去？」

蕭七道：「那是一座小小的莊院，除了她，就只有一個老嫗，兩個小丫環，那個老嫗據說是她的乳母。」

他沉吟接道：「我知道的也就是這些——她不大喜歡與人說話，也從未提及她的過去，我在那裡住了三天，見她傷勢已經好轉，也就告辭離開。」

韓生道：「她又有什麼話說？」

蕭七道：「她說她一定會報答我，因為她不喜歡受別人恩惠，而我若是需要，只要我的一句話，無論是什麼事情，她的人與劍一定捨命以赴。」

韓生道：「恩怨分明，這個女人其實並不壞。」

蕭七道：「我看她以前一定受過什麼打擊，所以才變得這樣憤世嫉俗。」

韓生道：「像這樣的一個女人，應該不會與蝙蝠混在一起。」

蕭七道：「事情若是與她沒有關係，就更加複雜了。」

韓生點頭道：「鳳兒應該不會認識她，所以在平台上留下了她的名字，只怕是聽蝙蝠說了。」

雷迅接道：「會不會，蝙蝠跟著就是去殺害她們？」

蕭七動容道：「想來也很有可能。」

雷迅接問道：「勞紫霞住在什麼地方？」

蕭七道：「離這裡騎馬不過半天路程。」

雷迅道：「哦？」

蕭七道：「所以要找她一問，也很容易——」語聲甫落，面色又一變，道：「蝙蝠要殺她，當然一樣的簡單。」

雷迅道：「那麼我們非要盡快離開這裡不可了。」目光轉落在他們跌下來的那條管子之上。

韓生的目光亦轉了過去，道：「要由那條管子離開，只怕並不容易。」

目光再轉，道：「這個密室之內，一定有第二個出口。」

這時候，三人火摺子已經有兩個熄滅，雷迅手中的那個亦開始暗下去。

蕭十迅速探懷取出了另一個火摺子，也是他所帶的最後一個了。

他將火摺子剔著，一面蹲下身子來。

雷迅道：「小兄弟……」

蕭七道：「地上有腳印，我們跟著這些腳印，說不定就能夠找到出口。」

雷迅恍然道：「蝙蝠當然不會亦是由上面掉下來的。」目光亦落向地面。

腳印是顯得有些混亂，但仍然可以看到一直通往那面嵌滿了乳房的牆壁之下。

蕭七身形一動，掠了過去。

遠看倒還不覺得怎樣，走近了，蕭七不由就有些昏眩的感覺，那種感覺卻絕對可以肯定，完全是因為那些乳房影響。

那些乳房雖然全都是木刻出來，色澤與常人的肌膚也完全迥異，但刻工的精巧，迫真，實在是令人嘆為觀止。

驟看下，那簡直就像是百數十個女人一齊卸下了衣衫，一齊迎前來。

蕭七的身形雖然並不怎樣迅速，這種感覺仍非常尖銳。

雷迅、韓生也有這種感覺，他們跟著蕭七掠前去，韓生幾乎一頭撞在牆壁上。

他嘆了一口氣，喃喃道：「蝙蝠真的不是人。」

雷迅亦自道：「若說他不是一個瘋子，第一個我就反對。」

蕭七苦笑道：「若不是親眼看見，打死我，我也不相信天下間竟然有這樣的一個地方。」

韓生道：「豈獨你而已。」探懷取出第二個火摺子剔著。

雷迅亦同時取出一個火摺了剔亮。

他們的目光開始在乳房間移動。

火光在閃動，投影亦隨著移動，這種「動」，使每一個乳房都變得更真實。

雷迅、韓生也是老江湖的了，在年輕的時候荒唐過一段日子，可是從未置身這麼多乳房間。

蕭七更就不用說。

每一個乳房的輪廓都是那麼美絕，那麼迷人，蕭七實在難免多望幾眼。

他到底也是一個正常人，雷迅、韓生也是，所以他們的目光移動得並不快。

蕭七的目光突然凝結，道：「這裡有一條縫隙。」接著將火摺子移近。

火光下他們看得真切，那條縫隙筆直的往上伸展。

移近縫隙前的火光急速閃動起來。

蕭七同時感覺到這縫隙透進來的陰風，道：「暗門相信就在這裡了。」

他隨即舉手往兩乳房間敲下。

空洞的響聲，證明他沒有猜錯，他試試用刀推去，推不動。

雷迅道：「這道暗門相信不是隨便就能夠打開。」

韓生道：「也許在外面下了栓，大哥看如何？」

雷迅斬釘截鐵道：「毀了它！」火摺子一晃，金刀「嗆啷」的出鞘，疾劈了出去！

刀光一閃，幾個木雕的乳房被砍下，木片紛飛！

雷迅火摺子脫手，雙手握刀，一刀刀力砍下去！

蕭七、韓生雙劍齊出，護合了雷迅的左右！

木片在刀下飛舞，乳房在刀光中滾落「喀刷」的一聲異響，木板裂開了一個大洞，一股冷風疾吹了進來！

雷迅大喝，刀揮更急！

喝聲中洞開更大，眨眼間已可容人走過。

蕭七即時道：「可以了。」

雷迅應聲收刀，蕭七立即搶前，人劍穿洞而出。

洞外一片黑暗，火光照處，可以看見是一條通道，並無人在。

雷迅、韓生先後走出，韓生一面道：「可有人在？」

蕭七道：「沒有。」

雷迅道：「是什麼地方？」

蕭七道：「上去就清楚了。」在他的前面，有一道石級，他隨即舉步往上走去。

雷迅、韓生急奔了上前。

那道石級並不怎樣長，盡頭有一塊石板。

蕭七在石板上停步，將火摺了抛掉，突然大喝，出擊在石板之上！

「轟」地一聲，石板被擊飛，蕭七連人帶劍亦疾飛了出去！

那剎那之間，他的劍已然護住了全身的要害。

一拔丈八高，身形落下之際，蕭七已然看清楚那道暗門的出口就在走廊旁邊，相連著一座石燈，周圍也沒有人。

雷迅緊接竄出，目光一掃，道：「這道暗門造得倒也巧妙。」

跟著出來的韓生亦道：「我們雖然在廊上來回走過幾次，卻沒有發現這座石燈有何可疑之處。」

雷迅道：「我們也沒有必要移動這座石燈。」

蕭七一面將石燈移回原位，一面道：「目前我們還是將這個出口封閉，也許，還有用得著的一天。」

雷迅頷首道：「蝙蝠在這下面化了那麼大的心血，應該不會隨便就放棄，我們看過勞紫霞若是沒有事，無妨就折回來再仔細搜索一遍，若是運氣好，說不定遇上蝙蝠！」

蕭七「嗯——」的應一聲，放步疾奔了出去。

雷迅、韓生緊追在後面。

三人原路走出天龍古剎的大殿，目光及處，又變了面色。

他們的坐騎那留在殿前的院子荒草叢中，現在雖然並沒有走遠，卻已經倒下。

三匹馬無一例外，口吐鮮血，倒在草叢中，一動也都不動一動。

蕭七飛身落在坐騎的旁邊，分看草叢，就看馬頸上印著一個紫黑色的掌印。

雷迅、韓生兩人的坐騎也是一樣。

蕭七一一細看了一遍，倒抽了一口冷氣，道：「好毒的內家掌力。」

雷迅皺眉道：「這好像是密宗的大手印功？」

蕭七道：「很相似。」

韓生道：「會不會是蝙蝠所下的毒手？」

蕭七道：「若是蝙蝠，動機絕無疑問就是要阻延我們趕去勞紫霞那裡。」

韓生道：「難道他竟然一直就藏在附近，聽到我們在那個密室中的話？」

蕭七道：「如果不是，這個人的心思縝密，未免就太可怕了。」

韓生道：「蕭兄的意思是說，他甚至考慮到我們在室中可能找到什麼線索，可能去找勞紫霞細問究竟？」

雷迅脫口道：「這個人可是曾經變成白痴。」

蕭七道：「現在到底已變成怎樣，又有誰能夠確定？」

雷迅道：「那我們——」

蕭七截道：「立即動身，路上若是遇上騎馬的，不管借也好，買也好，甚至搶也好，若是沒有，只好跑去。」

雷迅望了望天色道：「就是快馬趕去，也要在入夜之後才到，只希望我們來得還是時候！」

語聲未已，蕭七人已射出，雷迅、韓生身形亦動。

三個人就像是三支箭，離弦的怒箭！

夜未深。

秋風蕭索，秋月淒涼，已掛在屋簷上。

莊院中一片寂靜，四個人已有三個人入睡，只有勞紫霞例外。

莊院在一個山谷之中，距離市鎮雖然不太遠，卻實在是一個非常幽靜的地方。

勞紫霞的父親原就是一個隱士，這座莊院正是他建的，他卻並不想自己的女兒也隱居在此。

他只得勞紫霞一個女兒，難免就溺愛一些，惟恐她太吃虧，所以自幼就讓她練上一身好本領。

他原是西華劍派的名劍客，雖然淡薄名利，但因為得天獨厚，武功的高強，在西華劍派之中，可以說在前三名之內。

勞紫霞也是練武的好材料，在她十八歲的時候，已得乃父的七分真傳。

也所以她父親才放心讓她到江湖上闖闖。

這一闖之下，著實給闖出了一個不小的名堂，卻也闖出了一個大禍。

她若是不那麼有名，蝙蝠也不會找到去。

若不是蝙蝠選中她，她的父親也絕不會死在蝙蝠手上。

蝙蝠刻下了她的木像，卻留給她一柄蝙蝠刀。

她是蝙蝠一生中所遇到的十二個他認為最動人的女人之一。

也許某些人會認為是一種光榮。

但在她，卻覺得是一種最大的恥辱。

也所以她變得那樣不近人情，出手那麼狠毒。

也所以她沒有再用勞紫霞這個名字。

然而到現在她仍然忘不了當年的恥辱，近這十年來，雖則很多人都在奇怪她到底是什麼人，可是她卻瞞不過自己。

勞紫霞不過只是一個名字，即使不用，對她來說其實都一樣。

人始終是那個人，所受的恥辱絕不會因為名字而消失。

而記憶一件事是容易，要忘掉一件事，卻絕不容易，除非就變成一個白痴。

勞紫霞並非一個白痴。

一樣的秋夜，一樣的月色。

當年遇上蝙蝠，正就是這樣的晚上，十多年來，每到了秋深，又是月夜，那種恐懼，那種憤怒自然就襲上心頭。

這時候，勞紫霞就會躲在房中，將門窗緊鎖，那種恐懼已經在她心底長了根。

今夜並沒有例外。

房中一燈如豆，勞紫霞獨臥床上，並未入睡。

她睜著眼睛，望著帳頂，思想卻一片空白，迷濛的燈光照耀之下，她看來仍然是那麼美麗，但她的額上已經有了皺紋。

她看來實在比真實的年齡要老。

無論恐懼抑或憤怒，經年累月，都會使一個人老得更快。

憂愁也一樣。

可是又有多少人能夠擺脫得了？

窗紙斜映著月色，死白一片，「噗」一聲，那一片死白之上，突然出現了一隻蝙蝠的影子。

勞紫霞應聲從床上跳起來，左手一撩，挑開了紗帳。

那不過片刻，窗紙上已多了好些蝙蝠的影子，「噗噗」聲不絕於耳。

勞紫霞看在眼內，面色蒼白起來，她的左手這時候已然抄起了放在枕旁的長劍。

劍鞘上嵌滿了寶石，閃閃生輝，只看這劍鞘，已知道這是一支名劍。

她的右手已同時握在劍柄之上。

「噗噗」聲繼續響過不停，「呀」的窗戶突然被打開，一股冷風從窗外吹進。

幾隻奇大的蝙蝠亦同時從窗外飛進來！

勞紫霞不由自主打了一個寒噤，一翻腕，劍「嗆」的出鞘。

劍鋒如一泓秋水，在燈光下閃動著一道寒芒！

那剎那之間，幾隻蝙蝠已迎面撲來！

劍即時劃出，白練也似的劍光一閃再閃，那幾隻蝙蝠眨眼間被一一砍開兩邊。

無數的蝙蝠同時從窗外飛進來，異聲四起，驚心動魄！

勞紫霞大喝，人劍疾飛上半空，「嘩啦」的一聲，撞破了頭頂一片瓦面，疾飛了出去！

她的身形如箭射，劍光緊護著身子，半空中滾下，瓦面上再一滾，才躍起身來。

一陣可怕的笑聲即時從旁傳至！

勞紫霞應聲回頭，就看見了蝙蝠！

起來。

——無翼蝙蝠！

蝙蝠高踞在屋脊之上，一身白衣在穴中「獵獵」飛揚，蒼白的鬚髮亦在風中飛揚

月正在他身後，驟看來，他就像要凌空飛去，飛入月中！

勞紫霞眼盯著蝙蝠，劍指著蝙蝠，嘶聲道：「是你，真的是你！」

蝙蝠笑應道：「很久不見，你是否還是如當年一樣窈窕？」

勞紫霞沒有作聲，一個身子顫抖在風中。

蝙蝠笑接道：「你不必害怕，今夜我到來，絕不會再脫你的衣衫……」

勞紫霞厲聲道：「住口！」

她的聲音已因為驚怒變得不像是她的聲音，她甚至已像是變成了第二個人。

她的眼瞳中，充滿了憤怒，也充滿了恐懼。

蝙蝠道：「我們這麼久沒見，總該話話舊，是不是？」

勞紫霞大叫道：「你害得我還不夠，還來找我幹什麼？」

蝙蝠搖頭道：「你錯了，我非獨沒有害你，而且替你將你最美好的形象保留下

來，你應該很感激我才是！」

勞紫霞怒極反笑，道：「我實在太感激你了，可惜一直都沒有機會向你表示我的謝意，所以一直都遺憾得很。」

蝙蝠笑問道：「你想怎樣多謝？是不是用你的劍將我的腦袋砍下來？」

勞紫霞冷笑道：「只是砍你的腦袋怎能夠表示我的謝意？」

蝙蝠道：「那你想怎樣？」

勞紫霞咬牙切齒的道：「想將你碎屍萬段，挫骨揚灰！」

蝙蝠嘆息道：「原來你這麼恨我，幸好我一直都藏在安全的地方。」

勞紫霞道：「司馬山莊？」

蝙蝠笑道：「你知道的事情原來也並不少。」

勞紫霞盯著他，道：「不是說你已經變成一個白痴？」

蝙蝠道：「所以我才能夠活到現在，像司馬中原那種自命俠義中人是絕不肯對一個白痴下殺手的。」

勞紫霞道：「其實你並沒有？」

蝙蝠怪笑道：「像他們那麼精明的人，怎瞞得過他們呢？」

勞紫霞道：「這是說你重傷之下，只是暫時變成一個白痴，傷癒之後，很快便又回復正常？」

蝙蝠道：「並不是很快！」

勞紫霞冷笑，道：「我早就說司馬中原是婦人之仁。」

蝙蝠道：「可惜他們那些前輩英雄都自視甚高，也不會將後輩的意見放在心上。」

勞紫霞道：「可惜他死得實在太早一些，否則，該讓他先知道這婦人之仁到底有什麼結果。」

蝙蝠道：「這的確可惜得很。」

勞紫霞接道：「可惜我完全不知道你竟會恢復正常，否則第一個就闖進去司馬山莊殺掉你。」

蝙蝠點頭道：「這也實在是可惜得很。」

勞紫霞沉痛的道：「像你這種惡魔竟然會有這種運氣，天若是有眼，我實在難以置信。」

蝙蝠大笑道：「天有眼，根本就不會讓我這種人生下來。」

勞紫霞恨恨的道：「蒼天無眼，說什麼天網恢恢。」

蝙蝠道：「你也用不著怨天，若是沒有我這種壞人，你們又怎知道好人如何可愛？」

勞紫霞無言。

蝙蝠接說道：「有壞才能夠將好表露出來，天意雖然有些不公平，但實在很有意思。」

勞紫霞仍不作聲。

蝙蝠又說道：「你知道我人在司馬山莊，一定曾動過腦筋殺我。」

勞紫霞道：「只恨我不能夠進去。」

蝙蝠道：「司馬中原在奇門遁甲方面的成就，也的確傲人。」

勞紫霞道：「你能夠逃出來，相信他死亦難瞑目。」

蝙蝠道：「他本應知道，我這種人並不是那麼容易就可以解決的。」

勞紫霞嘆息道：「以我說，司馬中原才是一個白痴。」

蝙蝠大笑。

勞紫霞沉著臉，一字字的道：「我本就有意找你算清舊帳，你現在到來，正遂了我的心願。」

蝙蝠笑道：「你不是我的對手。」

勞紫霞道：「是不是現在還是一個謎。」

蝙蝠道：「看來這些年以來，在武功方面，你曾經下過一番苦心。」

勞紫霞道：「今夜我也沒有喝過你的蝙蝠魔酒。」

蝙蝠道：「即使如此，你也絕非我敵手。」

勞紫霞冷笑。

蝙蝠沉吟道：「我無意殺你，否則在第一次，我已經殺掉你。」

勞紫霞不能不承認這是事實。

蝙蝠接道：「你應該知道，我是一個很懂得憐香惜玉的人。」

勞紫霞厲聲道：「那今夜你到來幹什麼？」

蝙蝠道：「向你要回一樣東西。」

勞紫霞脫口道：「蝙蝠刀？」

「不錯，就是蝙蝠刀，我當年送給你的那一柄蝙蝠刀。」

勞紫霞詫異之極。

蝙蝠接說道：「那柄刀我本已送給你，本不該問你要回。」

勞紫霞冷笑，卻沒有說話。

蝙蝠又說道：「可是現在我卻又非要回那柄蝙蝠刀不可。」

勞紫霞不由脫口問道：「為什麼？」

蝙蝠道：「這是我的秘密。」

勞紫霞一聲冷笑。

蝙蝠笑接道：「你既然很討厭我，痛恨我，當然不在乎那柄蝙蝠刀。」

勞紫霞道：「這是什麼意思？」

蝙蝠道：「你當然也不在乎將那刀交還我。」

勞紫霞冷笑道：「你好像已完全忘記當年的話了。」

蝙蝠道：「沒有，我說過，那柄蝙蝠刀關係著一筆龐大的財寶，我送給我認為最可愛的女人，原是用以補償她們的損失。」

勞紫霞道：「你是這樣說過。」

蝙蝠道：「我還說只有聰明的女人才能夠發現其中秘密，而只要她還記恨，一定會利用那筆財寶，弄出一場可怕的大禍。」

勞紫霞道：「這才是你真正的目的。」

蝙蝠嘆息道：「可是十年了，你們都沒有發現其中秘密，所以我最後決定，將那些蝙蝠刀逐一收回來。」

他的語聲很沉重，又帶著些無可奈何的意味。

勞紫霞冷冷的盯著蝙蝠，道：「只是這個原因？」

蝙蝠道：「十年的時間已經很夠了，你們始終沒有發現其中的秘密，這若非你們愚蠢，就是你們沒有福氣承受我那些財寶。」

勞紫霞冷笑道：「刀是你打的，又何必將刀收回去，難道連你也忘記了財寶原是藏在何處麼？」

蝙蝠搖頭道：「我怎會忘記，只是那些刀原就是開啟寶庫的鑰匙。」

勞紫霞「哦」的一聲。

蝙蝠道：「有人說，聰明的女人很少美麗，美麗的女人很少聰明，這句話，現在想來也不是全無道理。」

勞紫霞冷笑道：「男人也是的，好像你這樣醜陋的老怪物，若是都沒有幾分聰明，未免就太可悲了。」

蝙蝠一些也沒有動氣。

勞紫霞接道：「十年人事，你這個瞎子若是還能夠將送出去的刀找回來，那才是奇蹟。」

蝙蝠怪笑道：「我將刀送出去的時候，也花了相當時間心機，找一個美人已經不易，何況十二個之多，可是我仍然達到目的，現在要將刀完全找回來雖然困難，到頭來我還是會成功的。」

他說得很肯定，一個瞎子還能夠有這麼大的自信也實在難得。

勞紫霞連聲冷笑，道：「你今夜有命離開這裡才怪。」

蝙蝠道：「十年不見，你的武功應該已精進很多。」

勞紫霞畫了一劍花，道：「要知道還不簡單。」

蝙蝠道：「的確很簡單。」撫掌笑接道：「只是十年前你不是我對手，現在相信也一樣。」

勞紫霞冷笑，道：「你好像完全忘記十年前我是怎樣被你制住了。」

蝙蝠笑道：「我是恐怕你美麗無瑕的身子受到損傷，才用上蝙蝠酒。」

勞紫霞道：「也就是說，你當年根本就沒有信心將我制服。」

蝙蝠道：「有所避忌自然就難以放開手腳，現在可不同，無論你怎樣，我都不在乎。」

勞紫霞道：「必要時就殺我？」

蝙蝠道：「所以你最好還是將刀交出，我樂得饒你一命。」

勞紫霞道：「刀已經丟掉了。」

蝙蝠搖頭道：「不會的，沒有人能夠抵受得住龐大財寶的誘惑，最低限度，到現在為止，我還沒有遇上一個這樣子的人。」

勞紫霞道：「你眼前就有一個了。」

蝙蝠只是笑，忽然一抖手，一隻蝙蝠從他的袖子裡飛出來，飛撲向勞紫霞。

寒光一閃，勞紫霞將那隻蝙蝠立斬劍下。

蝙蝠細聽，笑笑道：「好劍法，可惜與我比起來，還是相差很遠。」

勞紫霞冷笑不語。

這時候，瓦面下院子中已多了三人，一個滿面皺紋，頭髮白的老嫗，還有兩個就是侍候勞紫霞的小丫環。

她們都追隨勞紫霞練了一身不錯的武功，那個老嫗既是勞紫霞的乳母，也是西華劍派的前輩劍客，至於她為什麼甘心做一個下人，就只有她才知道了。

勞紫霞撞破瓦面出來，他人當然亦全被驚動，趕到這邊來。

劍已經在手，隨時都準備刺出。

那個老嫗更就像是一支上了弦的箭。

蝙蝠彷彿就完全沒有在意，只是與勞紫霞談話，聽到勞紫霞冷笑，卻嘆息接道：

「刀原是我的東西，交還我就是了，何必要冒這麼大的險？」

勞紫霞冷笑道：「你看來並不像一個白痴，但聽你這句話，卻分明就是一個白痴。」

蝙蝠道：「我明白你的意思。」

勞紫霞彈劍接道：「這個日了我已經等了很久。」

蝙蝠忽然道：「這只是你個人的事情。」

「當然是。」

「那麼院中的三個人，你還是叫她們遠遠的走開為妙。」

勞紫霞心頭一凜道：「沒有我的吩咐，她們絕不會出手的。」

蝙蝠笑道：「是麼？」

勞紫霞道：「這是什麼意思？」

蝙蝠道：「你難道沒有感到那股殺氣？」燐火一樣的雙瞳垂注向那個老嫗，接說道：「這個人的武功相信絕不在你之下。」

勞紫霞目光一閃，叱道：「姥姥，你與她們退下！」

老嫗應聲道：「小姐，你難道還要跟這種人講江湖規矩？」

蝙蝠截道：「她只是不想你們白送性命！」

老嫗冷笑道：「幸好我已經活膩了。」

蝙蝠道：「活膩了的人倒也無妨動手，我一定會成全你！」

老嫗冷笑一聲，縱身，人與劍如箭射上了瓦面，凌空一劍急刺向蝙蝠！

劍光如閃電，一閃即至，這個老嫗雖年已老邁，身手仍然如此矯活！

蝙蝠耳聽風聲，雙袖暴展，如蝙蝠展翼，飛舞半天！

老嫗身形未老，劍勢未絕，屋脊上一點，緊追而上，「哧哧哧——」連刺十一劍！

一劍快一劍，劍劍奪命！

蝙蝠雙袖飛揚，半空中身形連換，竟然將刺來的十一劍完全閃開！

老嫗大呼：「好瞎子，」身形風車疾轉，人劍化成飛虹，一劍飛刺！

劍從蝙蝠的頭頂刺過，蝙蝠閃得險，也閃得恰到好處！

他身形落下，道：「什麼人！」

老嫗道：「與你何干！」一句話才四個字，已急刺三十六劍！

蝙蝠身形迴環閃避，一面應道：「又是西華劍法！」

老嫗道：「是又如何！」劍勢更緊密！

蝙蝠笑接道：「西華劍法雖然很不錯，卻並非全無破綻！」

語聲一落，身形一轉，右手拇食指一彈，「呵」一聲，正彈在劍脊之上，也竟就將劍勢彈破！

老嫗面色一變，道：「你果真是瞎子？」

蝙蝠道：「人所共知，你豈非多此一問？」

老嫗怒叱道：「再接這三劍！」劍平胸，刺出第一劍，再偏身，刺出第二劍「鯉魚倒穿波」，反腕從脅下刺出第三劍。

一劍急一劍，角度之刁鑽，連接之緊密，變化之急速，與她的年紀絕不相符！

蝙蝠大笑道：「西華劍法的精粹，盡在這三劍之中了。」

笑語聲中，滾身，折腰，風車大轉身，又將這三劍閃開。

對於西華派的劍術，他竟然好像清楚得很，閃避得無不恰到好處。

老嫗面色一變再變，勞紫霞一旁看著，亦自變了面色，不再猶疑，嬌叱聲中，人劍飛前！

她的劍勢較之那個老嫗更狠辣！

老嫗攻中有守，穿中帶攻，攻守俱備，傷保兼顧，勞紫霞一劍刺出，卻就是有去無回之勢，只求傷敵，置生死於道外！

她全身上下都見空位，但別人要刺她一劍，只怕亦難免要挨她一劍！

這十年以來，她就是這樣闖出了她女殺手的稱呼，現在面對著蝙蝠，她這種拚命的劍法再就發揮至極限！

蝙蝠在雙劍之中連閃百劍，又長身飛入半天，一道閃亮的光弧同時在半空中出現！

他的蝙蝠刀終於出鞘！

那兩個小丫環即時亦躍了上來，勞紫霞冷眼瞥見，急喝一聲道：「退下！」

語聲未已，蝙蝠已落於兩個小丫環之間！

那兩個小丫環看在眼內，雙劍齊出，急刺了過去！

蝙蝠那刹那突然發出了一聲嘆息。

嘆息聲尚在半空搖曳，光弧一閃，一個小丫環的劍齊中兩斷，她的咽喉亦被刀割開，血雨飛激狂，飛墮下瓦面！

勞紫霞與那個老嫗雙劍急上前，她們雙劍未到，另一個小丫環劍亦兩斷，眉心一道刀口裂開，慘呼倒下。

蝙蝠刀立回，迎住了勞紫霞的劍，踩七星，斜閃老嫗十三刺，人與刀突然轉了一個大圈，「嗚」的一地聲暴響，衣袂在刀光中獵獵的飛裂！

蝙蝠拔身，挫腰，揮刀，錚一聲，揮開了老嫗的劍，左手一探，竟然扣住了老嫗的握劍右腕脈門！

劍立即脫手墮下，老嫗驚呼未絕，蝙蝠刀架在她的脖子上！

蝙蝠身形接一轉，道：「停手！」

勞紫霞一劍搶救不及，已停下，蝙蝠隨即道：「刀拿來，這個人的命還你！」

勞紫霞尚未答話，那老嫗突然一聲：「休想！」脖子往刀上一迎，血光暴閃，竟就自殺在蝙蝠刀上！

蝙蝠不由得一呆，勞紫霞的劍立時刺出，其急如閃電！

眼看蝙蝠閃不開這一劍，那知道那剎那，他的手一帶，竟就將老嫗的身子擋在前面！

劍從老嫗的前胸刺入「奪」一地穿過了老嫗的屍體！

勞紫霞驚呼拔劍，可是三寸劍尖已捏在蝙蝠的手中！

這期間變化的迅速實在難以形容，但是蝙蝠竟然能夠做得到。

好像這樣的一個瞎子是不是太不可思議？

蝙蝠的身形並未就此停頓，一捏一奪，勞紫霞的身子不由隨同老嫗的屍體向前一截！

蝙蝠緊接旋身彈指，正彈在勞紫霞右脈門上！

勞紫霞不由得不鬆手，蝙蝠鳥爪也似的左手旋即抓在勞紫霞的脖子上。

冰冷的五指，就像是五條毒蛇突然纏了上去。

勞紫霞不由毛管倒豎，由心寒出來。

蝙蝠笑問道：「刀藏在哪裡？」

陰沉的語聲，恐怖的笑容，相距那麼近，勞紫霞那種恐怖的感覺自然更加尖銳。

她怔在那裡，瞪著一雙眼，並沒有回答。

蝙蝠接喝道：「說！」

他滿面刀刻一樣的皺紋那剎那都繃緊起來。

蝙蝠刀他顯然看得很重要，但當年又何以如此大方送出去？

不過十年人事，其間難免有所改易，在一個曾經變成白痴的人來說，就是性情完全改變過來，亦不是一件奇怪的事情。

勞紫霞呆呆的盯著蝙蝠，沒有回答，眼瞳中突然露出一種詫異之極的神色。

蝙蝠接又道：「你若是不說，可就莫怪我心狠手辣！」

語聲甫落，勞紫霞陡然叫起來：「你到底是什麼人？」

這句話問得很奇怪。

蝙蝠一怔，道：「無翼蝙蝠！」

勞紫霞嘶聲道：「你不是，我知道你不是！」

蝙蝠冷笑不語。

勞紫霞接道：「你的聲音學得很像，舉止亦沒有多大不同，可是有一樣，無論如何你都學不到，學不似他的。」

蝙蝠道：「是什麼？」

勞紫霞道：「眼睛，你的眼睛還有生命，蝙蝠卻是一個瞎子！」

蝙蝠道：「你錯了！」右手以刀柄往左眼窩下一壓，一顆眼珠立時從眼眶中擠出來！

他以右手拇食指將那顆眼珠接住，移近勞紫霞的眼睛。

他左眼的地方同時出現了一個黑穴，那之中燐光閃爍，看似有盡，又彷彿無盡，可是他捏在拇食指之中的那顆眼珠卻更恐怖！

那顆眼珠彷彿仍然充滿了生命力，在月光下閃鑠著慘綠的寒芒，彷彿仍然在盯著勞紫霞，要看進勞紫霞的靈魂深處！

勞紫霞混身都起了雞皮疙瘩，她想將頭偏開，可是那刹那，蝙蝠握在她脖子上的五指彷彿已然長了根，她根本就不能將頭移開！

她眼中充滿了恐懼，詫異之色並未盡褪，突然嘶聲大叫道：「你的右眼呢？是不是也可以隨便取下來？」

蝙蝠面色一沉。

勞紫霞接道：「不可以是不是?你不該這樣接近我的！」

蝙蝠沒有作聲。

勞紫霞又道：「我的記性並不是你以為的那麼差，蝙蝠就是化了灰，我也能夠辨出來。」

蝙蝠冷笑，道：「廢話。」

勞紫霞那無疑是廢話，一個人若是已化成了灰，又怎能夠分辨得出？

勞紫霞聽蝙蝠這樣說，冷笑道：「我只是要告訴你，我絕不會認不出蝙蝠！」

蝙蝠道：「你真的那麼恨？」

勞紫霞在笑，笑得簡直就像是一個瘋子。

蝙蝠皺起了眉頭，一時間不知如何是好。

勞紫霞在笑著道：「你這是真的廢話。」

笑語聲一頓，她喘著氣問道：「告訴我蝙蝠到底怎樣，我若是滿意，刀送你，否則你就是怎樣找，也不能夠將刀找出來！」

蝙蝠道：「哦？」

勞紫霞道：「你若是以為我會希罕那些財寶可就錯了，我留著那柄刀，只是準備有一天將刀送回蝙蝠，送進他的咽喉！」

蝙蝠道：「你說的都是真話？」

勞紫霞道：「你應該聽得出。」

蝙蝠五指一緊，道：「也真的不怕死？」

勞紫霞嘶聲道：「我本已死掉了一半，活著有如行屍走肉！」

蝙蝠皺眉道：「你真的要與我來這個交易？」

勞紫霞冷笑道：「這也是你唯一的機會。」

蝙蝠終於道：「他雖然沒有死，卻生不如死。」

勞紫霞道：「始終就是一個白痴？」

蝙蝠道：「此生是無望了。」

勞紫霞道：「很好！」破聲的大笑。

蝙蝠道：「現在到你說了，刀藏在哪裡？」

勞紫霞大笑問道：「你到底是誰？為什麼要冒充蝙蝠？為什麼要得到蝙蝠刀？」

蝙蝠緊綳著臉龐，道：「刀藏在哪裡？」

勞紫霞大笑不絕，道：「你雖然聰明，還是上當了！」

蝙蝠語聲一寒，道：「什麼？」五指一緊！

勞紫霞笑聲立斷，辛苦的喘著氣道：「刀就掛在我房間的牆壁上，你根本就用不著費心！」

蝙蝠吁了一口氣，道：「哦？」

勞紫霞盯著蝙蝠，接道：「你現在可以殺我了。」

蝙蝠道：「你是一個很聰明的女人。」

勞紫霞道：「所以我知道你絕不會留我這活口。」

蝙蝠道：「可惜你的心中實在太多的仇恨，否則你也許已經找到刀上秘密。」

勞紫霞道：「也許是的。」

蝙蝠沒有再說話，也沒有任何動作。

勞紫霞笑道：「你不必多想，什麼方法可以令我死得最痛苦，你就用出來好了。」

蝙蝠一笑，道：「視死如歸，佩服！」

勞紫霞道：「你若再不出手，我又要破口大罵了。」

蝙蝠沉聲道：「我若是殺你，此心難安，不殺你，卻更難安心！」

勞紫霞大笑，道：「真正的蝙蝠，就沒有你這麼婆媽！」

蝙蝠霍地揮手，勞紫霞整個身子猛被他揮了出去！

那剎那一道光虹半空閃過，是刀光！

勞紫霞的身子飛出，立即變得僵硬，飛摔在瓦面上！

一道血虹旋即在半空灑落！

蝙蝠刀相繼入鞘，刀鋒上，已一滴血也沒有。

刀原是好刀！

他枯瘦的身子緊接著一翻，在瓦面的缺口落下。

房中燈未滅，蝙蝠在燈光下轉了一個身，目光盯在右面牆壁上。

一柄刀掛在那裡，長而狹，弧形，護手是一隻雙翼暴張的大蝙蝠。

——蝙蝠刀！

蝙蝠立時舉步奔過去。

刀掛在那裡，並沒有發出任何聲響，他若是真的無翼蝙蝠，即使一雙耳朵怎樣靈，也絕無可能聽得到刀掛在何處。

這到底是誰？

蝙蝠快步走到牆下，取下掛著的蝙蝠刀，拔刀出鞘！

寶刀在燈光下閃著寒人的光芒，他眼睛落向刀上，彷彿也有光芒射出來。

然後他發出了一聲得意的笑聲。

笑聲中，刀「叮」入鞘，他若非瞎子，當然看得出，這柄刀絕不是假的蝙蝠刀。

刀入鞘，他舉步走向房門。

一陣異響過處，那道房裂出了一個人形的大洞，蝙蝠也就從洞中走出。

房間外一片寂靜，沒有人到來攔阻。

這個莊院中也就只得那四個人，現在都已經變成死人！

冷月這時候已更高，月色卻也更寒冷了。

十六　秘密

蝙蝠沐在月色中，那張臉龐更顯得蒼白，簡直就像是抹上一層白堊。

他穿過房門，走下石階，踏著那條碎石花徑往院外走去。

他走得是那樣從容，每一步都是踏在碎石之上與常人無異。

雖然他左眼是一隻沒有用的假眼，可是他那隻右眼卻是並無任何問題。

若說他是一個瞎子，也只能夠說是半個瞎子。

但這個秘密已經由勞紫霞的死亡埋葬，又還有誰知道？

他既非無翼蝙蝠，到底又是什麼人？

◇

碎石在月光下閃光，驟看來，就像是無數的寶石。

蝙蝠的腳步放得很輕，彷彿恐怕將這些寶石踩碎一樣。

再前行半丈，來到了花徑當中，蝙蝠輕盈的腳步突然變得沉重。

碎石在他的腳下粉碎，他的腳步同時停下來。

停得是這樣突然。

旋即他仰眼天望，突然道：「我雖然並非是真正的瞎子，真正的無翼蝙蝠，可是我的耳朵亦靈敏得很。」

天下冷月疏星，他看來雖然像在喃喃自語，但這些話卻絕無疑問是有對象，有目的而說。

周圍一片寂靜，只有風吹樹葉蕭騷，並沒有人聲，也沒有回答。

蝙蝠稍待了片刻，冷然一笑，道：「你還不現身，難道要我迫你才出來？」

語聲甫落，左邊丈外花木叢中冒起了一個人。

一個黑衣人，老人，臉龐上佈滿皺紋，有如刀刻，一頭白髮飛舞在夜風之中。

蝙蝠目光一落，一怔道：「是你？」

黑衣老人亦一怔，道：「你竟認識我？」

蝙蝠一字字的道：「王無邪！」

黑衣人竟就是酒樓惡戰，無邪有毒——王無邪！

他盯著蝙蝠道：「你若是瞎了，我只怕也是。」

蝙蝠冷笑道：「不要告訴我，你沒有聽到勞紫霞的話。」

王無邪笑道：「那麼我告訴你，在半個時辰之前，我已經藏身花木叢中，你們方才的說話，我都聽得很清楚。」

蝙蝠脫口一聲：「不好！」

王無邪道：「在未被發現之前你確實不好，而現在，不好的卻是我了。」

蝙蝠道：「我的那一聲不好，正是替你說。」

「有勞！」王無邪難得這樣子客氣。

蝙蝠陰陰一笑道：「你什麼時候變成了這樣多禮？」

王無邪道：「禮多人不怪，是不！」

蝙蝠頷首，陰笑道：「你是不是想與我為敵？」

王無邪道：「我們河水不犯井水，犯不著拚起來。」

「本來是的。」蝙蝠笑容更陰森。「可惜你來得實在早一些，方才所聽的也實在多一些。」

王無邪乾笑，道：「我這個人的記性一向不怎樣好。」

蝙蝠道：「我恰巧相反。」

王無邪再一聲乾笑。

蝙蝠接說道：「一個人記性太好，並不是一件受歡迎的事情。」

王無邪道：「要看對什麼人。」

蝙蝠道：「對你呢？」

王無邪道：「不是。」

蝙蝠忽問道：「你是勞家什麼人？」

王無邪沉聲道：「仇人！」

蝙蝠又一怔，脫口道：「又是怎麼一回事？」

王無邪道：「殺虎口追魂十二煞，你可有聽說過？」

蝙蝠頷首道：「十二煞的名氣，以我所知也不在小。」

王無邪道：「你當然也知道蕭七與勞紫霞聯手殺掉他們一事。」

蝙蝠搖頭道：「這個不知道，是近年發生的事情？」

「兩年之前。」

蝙蝠笑道：「看來我的消息實在不夠靈通。」

王無邪道：「只是因為對你來說，這些不過是小事，與你亦無關係。」

蝙蝠道：「難道與你有關？」

王無邪道：「十二煞的老大是我兒子的小徒弟。」

蝙蝠道：「那是攀關係……」

王無邪道：「我兒子也實在傳了他好幾手。」

蝙蝠道：「那是認真了，王老頭。」

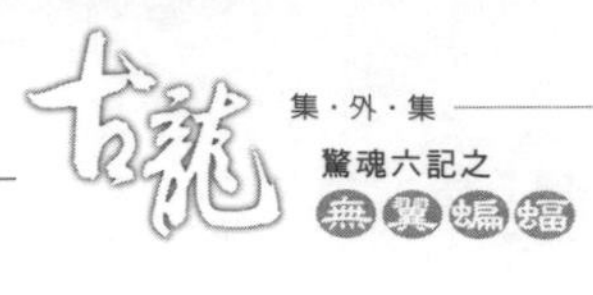

王無邪道：「所以他們的被殺，我兒子不能不過問。」

蝙蝠沉吟道：「我不知道你那個兒子的武功如何，蕭七的斷腸劍卻知道非同小可。」

王無邪道：「若非好逸惡勞，他們拚一個同歸於盡應該就不成問題。」

蝙蝠道：「蕭七沒有死，你那個兒子據知已伏屍他劍下。」

「事實！」王無邪沉下臉。

蝙蝠道：「聽說你好像就只得王十洲一個兒子。」

「也是事實。」

「所以你一定會找蕭七算賬，至於勞紫霞，當然也一樣不會放過了。」

王無邪道：「所以我今夜找到來這裡。」

蝙蝠道：「你當然不是那種輕重倒置，做事一些也沒有計劃的人。」

王無邪不待答話，蝙蝠說話已接上。「也當然不會避重就輕，先揀容易對付的動手。」

王無邪冷笑不語。

蝙蝠接道：「所以你第一個應該找蕭七，而不是勞紫霞。」

王無邪冷應道：「我已經找過蕭七了。」

蝙蝠笑問道：「是不是在太白樓？」

王無邪盯著蝙蝠。不作聲。

蝙蝠繼續說：「太白樓一戰，驚天動地，最後你挨了蕭七一劍，破牆倉徨逃去，是不是？」

王無邪冷冷道：「你的消息倒也靈通。」

蝙蝠道：「蕭七其實也勝得很險，他劍長三尺三，也就因為你疏忽了那三寸，結果就傷在那三寸的劍尖下！」

王無邪詫異的盯著蝙蝠，奇怪他知道得那麼多。

蝙蝠接說道：「三寸不足以致命，只是你成名後已很少流血，慌亂間亂了方寸，以為受傷已很重，所以才會有先逃命去，傷癒後再打算之念。」

王無邪悶哼道：「你倒是很清楚。」

蝙蝠忽然搖頭道：「其實你當時再戰下去，未必就不能夠擊殺蕭七，拚一個同歸於盡，更是一定沒有問題。」

他一頓接道：「蕭七的斷腸劍雖然很不錯，論功力，仍然是遜你一籌。」

王無邪沉吟不語。

蝙蝠又說道：「但你那一走，卻就敗定了。」

王無邪道：「我不戰下去並不等於敗，生死之戰，在未分出生死之前，又焉能夠分出勝敗出來？」

蝙蝠道：「我說你敗定了，也就是說你死定了！」

王無邪冷笑道：「現在我不是仍活得很好？」

「不好！」蝙蝠陰森森的一笑。「你不該擊出那一拳的，不過那也怪不得你，一個人要逃命，當然是以快為主，至於有什麼後果，又豈會考慮得那麼清楚？」

王無邪道：「我不明白你在說什麼？」

「你應該明白的。」蝙蝠一再搖頭。「武功太好有時候也不是一件好事，既然沒有什麼不能夠以武功來解決，就不會多花心思，也所以一個人越狡猾，武功就必然越差，因為他必須以狡猾來補充武功的不足，例外當然有，卻不多。」

王無邪只是聽，沒有插口。

蝙蝠接道：「你的武功應該在我之上，所以在我面前你最好也少弄心機。」

王無邪道：「我看得出你很狡猾。」

蝙蝠轉回話題：「劍入腹三寸，傷勢本是輕的，但那麼一拳擊出之後，傷勢一定會加重。」

王無邪冷笑。

蝙蝠道：「太白樓的牆壁不是那麼容易擊塌的，那一擊的回力有多大，我當然沒有你的明白，但那與一個高手互較內力，我相信並無多大差別。」

王無邪只是冷笑。

蝙蝠道：「蕭七斷腸劍下從無活口，那是因為他刺的必是要害，劍刺在要害之上，即使不致命也應該不會太輕，若是他經驗夠，當時追上去，你絕不會活得到今天。」

王無邪連聲冷笑，道：「話是這樣說……」

蝙蝠截道：「像你這樣的老江湖竟然會犯此過失，我也替你難過，今夜你到來，不是想先殺勞紫霞，再拚命搏殺蕭七？」

王無邪沒有回答。

蝙蝠道：「到你這個地步本該就這樣做，但你選擇這個時候到來卻是你的大不幸！」

王無邪又一聲冷笑，道：「你的廢話說完了沒有？」

蝙蝠道：「不是廢話──你是怎樣的一個人難道我還不清楚？」

王無邪道：「你……」

蝙蝠又截道：「你的傷勢若是不嚴重，絕不會連對付一個勞紫霞，也要在花木叢中等候機會，也絕不會在我催促下才現身出來，更不會與我多作廢話。」

王無邪的面色更難看。

蝙蝠道：「我若是在門外遇到你，還有商量的餘地，但現在，我卻是非要你命不可！」

他一字一字接道：「你知道的已太多！」

王無邪道：「我知道些什麼？」

「最低限度，你已知道我並非一個真正的瞎子，並非真正的無翼蝙蝠。」

「這個——」

「你知道要一個人守秘，最有效的方法是什麼？」蝙蝠一頓自接道：「殺人滅口！」

王無邪閉上嘴巴。

蝙蝠仰眼望天，道：「時間已經不早了！」

語聲未落，花樹叢一分，王無邪一步跨出，道：「好，我與你拳腳上拚過死活！」

蝙蝠道：「我拳腳雖然也很不錯，但還是不如我的刀上功夫好！」

王無邪道：「早看出你沒種。」

蝙蝠笑道：「激將之法，對我是沒用的，我若是有種，根本就不會冒充別人！」

王無邪厲聲道：「你到底是哪一個，報上名來！」

蝙蝠道：「你不是說我沒種！」

王無邪怒道：「說！」

蝙蝠道：「你人都要死了，還問來作甚？」語聲一落，雙刀出鞘，赫赫左右各自挽了一個刀花。

閃亮的刀光觸目生寒，王無邪目光落在刀上，面色一變再變。

蝙蝠雙刀隨即又指向王無邪，道：「無邪有毒，奪魄勾魂，江湖中人聞名色變，我早就想領教領教。」

王無邪道：「藏頭縮尾的人，又怎配做我的對手？」

蝙蝠道：「可惜現在你又非要還手不可，看刀——」

聲落刀出，兩團刀花一齊滾向王無邪，人就裹在刀花之內！

王無邪抽身急退！

不過眨眼之間，他方才置身的地方，所有的花樹俱已被刀花絞碎！

蝙蝠刀勢未絕，連人帶刀蝙蝠般飛起來，雙刀如翼，疾斬而下！

左刀十七，右刀十八，凌空三十五刀，其快無比，刀刀致命！

他右手用刀固然靈活，左手用刀竟然並不在右手之下！

王無邪只有閃避，身法顯然已沒有戰蕭七那時候靈巧。

與蝙蝠比較起來，亦顯然有所不及。
蝙蝠看得出，雙刀翻飛，緊追王無邪！
刀過處，碗口粗大的樹木「刷」的就斷下，那蝙蝠刀的鋒利實在難以想像！
王無邪百刀閃過，周圍三丈已變成一片空地，斷下來的枝葉在刀上幾乎全都粉碎。
他就是沒有受傷，要閃避這麼迅速，這麼鋒利的雙刀相信也不容易，現在他更就完全沒有招架之能。
再閃百刀，王無邪已滿頭汗落淋漓。
蝙蝠雙刀繼續搶攻，突然道：「你赤手空拳打遍天下的本領哪裡去了？」
王無邪一聲不發，倒踩九宮，在雙刀之下連連閃避。
蝙蝠接道：「反正都是一刀，何必要我浪費這些時間！」
王無邪仍不作聲，乘蝙蝠說話空隙欺入，拳腳齊施，回手一輪搶攻。
他到底是高手之中的高手，一有機會，立即就搶制！
蝙蝠一聲冷笑，雙刀護身，王無邪的拳腳便攻不了進去，接將雙刀一翻，左刀斜截，右刀便向王無邪拳腳的空隙切入！

王無邪的拳腳向稱無懈可擊，但一輪搶攻，傷口亦牽，奇痛徹骨，拳腳才不由一慢，露出空隙來。

那剎那他亦知道不妙，抽身急退，正好閃過那切入一刀！

他拳腳本來堅硬如鐵，裂石開碑，可是蝙蝠雙刀卻鋒利非常，而所用刀當尤其詭異，一刀劈出，整把刀就像變成錐子一樣，剎那間就變得就像是錐出去！

王無邪若是一拳硬接，隨時有可能擊在刀鋒上。

那絕無疑問，蝙蝠絕不是因為應付他的拳腳才將刀用成那樣，可是，武林中又有哪一派的刀法是那樣子？

他心念一轉再轉，身形再退三退，靈光一閃，突然道：「你用的不是刀法，是劍法！」

蝙蝠的目光應聲一寒，刀用得更急！

王無邪一面閃避，一面道：「能夠將劍法用作刀法，又那麼靈巧，你本身當然亦是一等一的高手！」

蝙蝠沒有回答，雙刀一旋一慢！

王無邪吁一口氣，接道：「武林中以我所知，只有一個人的劍法是那樣！」

一陣急風即時吹至，吹起了他的蒼蒼白髮，也吹來了一陣急遽的馬蹄聲！

蝙蝠目光更寒，刀勢卻更慢，也不知是因為聽到了馬蹄聲，還是因為王無邪的話影響。

王無邪的拳腳亦相應緩下，道：「你聽到了馬蹄聲，有人正向這兒趕來，說不定是蕭七！」

蝙蝠道：「那又怎麼樣？」

王無邪道：「憑你的武功，在來人趕到來之前，絕對殺不了我，來人一到，我固然走不了，你未必就可以脫身，我們來一個交易如何？」

蝙蝠道：「說！」

王無邪道：「我們各走各路，就當作沒有這件事發生，我也絕不會將你的秘密說出來！」

蝙蝠道：「你真的知道我是什麼人？」

王無邪道：「除了——」

兩個字才出口，眼前刀光大盛，蝙蝠看似停下的刀勢突然暴展！

他的人亦與刀疾飛了起來，一團光球般滾向王無邪！

這一快尖銳之極，由慢得幾乎已接近停頓，突然快得有如離弦疾箭！

他每一分的肌肉簡直都在動，每一分的氣力簡直都已經完全用出來！

王無邪若是看到他的臉，一定會看得出他在準備全力一擊。

可惜他看到的只是蝙蝠的臉，藏在這張臉之下的那張臉的表情，他完全看不到。

感覺不妙的剎那，對方已動了！

王無邪看在眼內，一聲驚呼，身形疾往後暴退，一退就是兩丈，身形未盡，但後背已抵住牆壁！

他的身子旋即貼著牆壁，往上拔起來！

蝙蝠的身形卻比他更迅速！

人到刀到，雙刀「刷刷」飛滾，百二十七刀連環砍出，沒有一刀的角度相同，組成了一道嚴密之極的刀網！

王無邪無論怎樣閃避，都絕對閃不出這道嚴密的刀網了。

他藏頭，縮胸，甩雙臂，「鷂子翻身」，「鯉魚倒穿波」，剎那間連換了二十七種身法，整個身子簡直在半空中飛舞！

腹間未完全痊癒的傷口，立時又裂開，鮮血已湧出，染紅了他的衣衫！

他混身的衣衫亦迅速被鮮血濕透！

鮮血從數十個傷口疾湧了出來，蝙蝠百二十七刀之中，最少有三分之一砍在王無邪的身上！

王無邪驚呼，怒吼，聲音突然間斷絕，爛泥一樣倒摔在地上！

他腹部所中的一刀顯然最嚴重，腸臟亦流出斷下！

蝙蝠冷笑道：「蕭七的是斷腸劍，我的是斷腸刀！」

刀勢未絕，人卻暴退！

到他退出三丈外，雙刀之上已一滴血也沒有。

每一柄蝙蝠刀都絕無疑問乃是刀之精品，殺人不沾血！

他雙刀接入鞘，雙袖卻暴展，凌空一拔，掠上滴水飛簷，再一個起落，已翻過屋脊。

也就在這個時候，蕭七、雷迅、韓生三人已先後掠上那邊牆頭。

他們都聽到了王無邪的驚呼喝聲，雖然不知道那是發自王無邪，卻也絕不以為是發自蝙蝠。

蕭七救人心切，力夾馬腹，那匹馬是他們途中買來，跑到這時候，亦將近筋疲力盡，但是給這一夾，仍然不由自主加快！

馬快如箭，筆直撞在牆壁上，濺血倒下，在馬快要撞上牆壁之前，蕭七已然在馬鞍上拔起身子！

韓生、雷迅雙騎緊接追到。

雷迅胯下馬未奔至，已屈膝倒下，韓生的一匹奔至牆邊，亦口吐白沫，搖搖欲墮。

他們已無暇多管，先後掠上了牆頭。

金刀出鞘，銀劍亦迅速出鞘！

蕭七未上牆頭，劍已撤出，在牆頭一點，身形便翻滾下！

他看到了那遍地的破碎枝葉，目光再轉，就發現混身鮮血的王無邪！

「哪一個？」他輕叱，身形掠前，到他看清楚，不由得怔在當場。

雷迅、韓生相繼落在蕭七的身後，方待問甚麼，蕭七已伸手，道：「火摺子！」

韓生應聲取出一個火摺子剔亮，走前幾步，目光一落，不由失聲道：「王無邪？」

蕭七一面接過火摺子，一面道：「不錯，就是他！」

雷迅搶著問道：「怎麼他會倒在這兒？」

蕭七沉吟不語。

韓生接問道：「是誰有這個本領，將他擊殺在這裡？」

蕭七道：「蝙蝠！」

韓生擊掌道：「不錯，一定是蝙蝠！」

雷迅道：「可是——」語聲突然又停下。

蕭七這時正將手伸向王無邪的鼻端。

氣若游絲，但到底還是有氣，蕭七當機立斷，右手劍插地上，右手將火摺子交給韓生。

他雙手接翻，一齊按在王無邪的氣門上，一股內勁同時透了過去！

雷迅忍不住問道：「這是幹甚麼？為甚麼要救這種惡人？」

蕭七並沒有回答。

韓生一旁應道：「蕭公子一定是要從他的口中知道甚麼。」

語聲未落，王無邪已發出一聲呻吟，睜開了一雙眼睛。

他的眼神已變得混濁不堪，盯著蕭七，終於道：「是假的……」

語聲嘶啞，但仍然能夠聽得出。

蕭七急問：「你說甚麼是假的？蝙蝠？」

王無邪沒有回答，眼蓋一垂，氣息亦終於斷絕。

蕭七緩緩將雙掌收回，默默的盤膝呆坐在那裡，一動也都不動了。

雷迅等了一會兒，實在忍不住了，道：「那是甚麼意思，蝙蝠怎會是假的？」

蕭七如夢初覺，道：「是假的亦不足為奇。」

雷迅道：「哦？」

蕭七道：「我們不妨想一想，那個蝙蝠是不是很不像個瞎子？」

雷迅沉吟道：「現在說起來，倒也是不錯。」

蕭七道：「那天拂曉我們在古道上緊追在他身後，穿過樹林，奔到江邊，結果卻被他掠上一葉小舟，消失在煙霧深處。」

雷迅道：「不錯是這樣。」

蕭七道：「當時他在樹木叢中迅速的穿插，連我們也得小心以免撞在樹幹之上，可是他卻彷彿量度過一樣，一路上並沒有與樹幹撞著，樹木並不會出聲警告，也無人一旁指引，他若是一個瞎子，這簡直不可思議。」

「有道理——」雷迅摸著鬍子。「怎麼我們一直都沒有想到？」

蕭七微喟道：「旁觀者清，當局者迷，我們當時只怕根本就忘記了他是一個瞎子，一心只想將他截下來，問清楚雷姑娘的下落。」

雷迅道：「不錯，是這樣。」

韓生插口道：「王無邪的話會不會是其他的意思？」

蕭七道：「亦未可知，不過正所謂百足之蟲，死而不僵，像他那樣的高手，雖然是身負重傷，生死一線，神智在臨終之前必然仍能夠保持相當清醒，而我們方才正是談及蝙蝠。」

韓生一面點頭一面道：「話說回來，他怎麼走到這裡來？」

蕭七道：「只怕也是為了要殺勞紫霞。」

韓生奇怪道：「他們之間有仇怨？」

蕭七道：「勉強來說是有的。」

韓生道：「蕭兄也清楚其中原因？」

蕭七道：「是為追魂十二煞算帳原因之一。」

追魂十二煞的老大也就是王十洲的徒弟。

韓生道：「王十洲不就是王無邪的兒子？你們那次打起來莫非……」

蕭七道：「也是為追魂十二煞算賬的原因之一。」

韓生道：「如此說來，王無邪找上勞紫霞，也並非完全沒有道理的了。」

蕭七道：「對於王十洲死亡的前因後果，他當然已經調查清楚。」

韓生道：「這就奇怪了，他應該先解決你才是。」

蕭七道：「惟一的解釋就是，太白樓一戰，他所受的傷，比我們所推測的要重很多。」

韓生道：「他逃生之時，並不像傷得很重的。」

蕭七目光一閃，道：「問題只怕就出在他擊塌牆的那一拳之上。」

雷迅插口道：「一定是！」

韓生道：「就因為知道傷重難癒，迫使他反始為末，揀容易對付的先對付，然後拚命與蕭兄決一死戰？」

蕭七道：「也許就是了。」

韓生道：「他到來的時候正好遇到了蝙蝠，發現了蝙蝠的秘密，蝙蝠於是殺人滅口！」

蕭七道：「這不是很合理？」

韓生不覺點頭道：「很合理。」

蕭七道：「王無邪雖然帶傷在身，若不是蝙蝠那種高手，卻也很難殺死他。」

韓生連連點頭道：「不錯，若是他傷得很重，亦不敢來惹勞紫霞，她雖然武功不如蕭兄，也不是一般庸手可比。」

雷迅在笑道：「他遇上蝙蝠，亦可謂倒楣透頂。」

蕭七沒有笑，反而嘆了一口氣，道：「勞紫霞也是，今夜她縱然不死在王無邪手上，亦難過蝙蝠一關。」

雷迅笑聲一頓，道：「我們……」

蕭七道：「相信是來得太遲了，否則勞紫霞現在該已現身，這個莊院亦不會這樣寧靜。」

雷迅不能不同意。

事實證明蕭七並沒有說錯，在找到勞紫霞四人的屍體之後，三個人都顯得有些兒頹喪。

他們也就在瓦面之上坐下，一個個呆若木雞。

沐著淒涼的月色，三人的面色看來都很蒼白。

還是蕭七第一個開口，他呆滯的目光從勞紫霞屍身上移開，嘆息道：「我們雖然來遲了，但實在都已盡了力。」

雷迅忿忿道：「若不是蝙蝠將我們的坐騎擊斃，我們早就已到了。」

蕭七苦笑道：「他就是考慮到我們可能會找到這裡來，所以才先下手擊斃我們的坐騎。」

雷迅道：「卻不知他怎會考慮到這些，若是他知道鳳兒留字，根本就不會讓我們看到刻在平台的那三個名字。」

蕭七道：「這個人可怕的地方也就在這裡，他看到我們發現天龍古剎地下的秘密，必定已考慮到每一樣可能，考慮到鳳姑娘可能有甚麼線索留下，又或者他疏忽了甚麼地方，所以擊斃我們的坐騎，搶在我們的前面，到來找勞紫霞！」

韓生奇怪道：「為甚麼他要殺勞紫霞？難道勞紫霞又知道了他的甚麼秘密？」

蕭七道：「若是這樣，勞紫霞絕不會活得到今天。」

韓生道：「這也是，那殺人滅口為了甚麼？」

蕭七道：「我想來想去，就只有一個可能。」

韓生道：「是甚麼？」

蕭七道：「蝙蝠刀！」

韓生不明白，雷迅也一樣，蕭七接著解釋道：「蝙蝠有十三柄蝙蝠刀，其中的十二柄先後送給了他喜歡的十二個女孩子。」

韓生道：「這件事我們已經知道。」

蕭七道：「為甚麼他要鑄造十三柄蝙蝠刀之多，我相信絕不會只為了送人留念這麼簡單，那十三柄蝙蝠刀必定藏著一個秘密。」

他一頓接道：「也許是關係一批藏珍，江湖上傳說，蝙蝠本來是世家子弟，富可敵國。」

雷迅道：「是有這樣的傳說。」

蕭七道：「他總不能夠將那敵國的財富隨身攜帶，那麼必定會找一個穩密安全的地方收藏起來，那十三柄蝙蝠刀說不定就是藏珍的關鍵！」

雷迅、韓生齊皆點頭。

蕭七接又道：「勞紫霞那柄蝙蝠刀我是見過的，就掛在她房間牆壁之上，可是，現在已不在。」

雷迅道：「那蝙蝠若是真正的無翼蝙蝠，應該絕不會再在十年之後將送出的蝙蝠刀收回來。」

韓生接道：「而一個人既然已變成白痴，會不會在十年之後恢復正常？這想來，也是很值得懷疑。」

蕭七一笑道：「話說到這裡，我們幾乎都完全肯定，那無翼蝙蝠是假的。」

雷迅道：「那麼假的無翼蝙蝠又是誰？」

蕭七沒有回答，而且沉默了下去，彷彿已陷入沉思中。

到底他又想起了甚麼？

雷迅正想問，卻給韓生伸手按住，韓生連隨示意噤聲。

從蕭七的神態他已經看出蕭七的確是想起了甚麼，這個時候實在不宜打斷蕭七的思路。

十七 五娘

也不知過了多久，蕭七突然發出一聲嘆息。

韓生、雷迅目不轉睛，盯穩蕭七。

蕭七終於發覺，搖頭苦笑，道：「事情雖然複雜，並非全無線索。」

雷迅急急問：「蕭兄到底發現了甚麼？」

蕭七嘆息道：「有很多事情我本來想不通，現在總算是有些眉目了。」

雷迅道：「哪方面？」

蕭七道：「好幾方面，先說那假的蝙蝠。」

友。」

「他怎樣？」

「他假得足以亂真，絕無疑問，一定已觀察蝙蝠多時，說不定是蝙蝠的一個好朋友。」

「以我所知，蝙蝠獨來獨往，並沒有任何的朋友。」

「那是說，假的那蝙蝠所以能夠那麼神似，完全是模倣得來的。」

「為甚麼他要假扮這樣的一個人？」

「原因當然是有的，這方面我們且先不管——」蕭七接說道：「那假的蝙蝠出現，還是最近的事情，而蝙蝠變成白痴，被囚在司馬山莊，則已經十年有多，換句話，假蝙蝠的打蝙蝠的主意，應該在多年之前，也許是完全沒有成功，所以最後才想到假冒蝙蝠。」

雷迅點頭道：「嗯。」

蕭七繼續道：「這期間以我們所知，蝙蝠一直被囚在司馬山莊之內。」

韓生脫口問道：「有誰能夠穿過花樹，觀察蝙蝠那麼之久？」

蕭七道：「那樣觀察蝙蝠是沒有用的，一來相距太遠，二來，他要模倣的並非已變成白痴的蝙蝠。」

韓生道：「對！」

蕭七道：「若是蝙蝠一直都是在白痴狀態，這個人能夠假扮蝙蝠如此神似，當然是十多年之前就認識蝙蝠了！」

雷迅、韓生齊道：「當然。」

蕭七道：「知道蝙蝠被囚在司馬山莊的人相信不多。」

雷迅道：「也許就只得當年江南八大高手，否則沒有理由江湖上只是傳說蝙蝠已經死亡。」

韓生插口道：「那豈非就是說冒充蝙蝠的人就是那江南八大高手之一？」

雷迅道：「是亦未可知，差　點的人，如何殺得了陶九城、張半湖，更休論王無邪了！」

蕭七截口道：「回說那個人沒有辦法之餘假扮蝙蝠，故勿論動機何在，首先他必須完全肯定蝙蝠絕對沒有可能離開這座竹林。」

韓生道：「亦是說他應該會監視蝙蝠相當時日。」

雷迅道：「那首先，他必須知道蝙蝠何在，亦必須能夠穿過花陣。」

蕭七道：「他若是知道花陣厲害，挖地道進去，那麼說應該索性帶走蝙蝠。」

雷迅道：「很應該——」

韓生道：「那非獨安全，而且也方便得多。」

蕭七道：「而蝙蝠既然是白痴，當然就不會挖得出那樣的一條地道，就算不是白痴，地道挖好了，還留在那種地方，有沒有這個道理？」

雷迅不假思索，道：「絕對沒有。」

蕭七道：「所以蝙蝠肯定是一個白痴，也只有白痴才能夠住在那樣的地方。」

雷迅道：「不是白痴就不會留在那裡，若是白痴就挖不出那樣的一條地道，事情在現在，實在很明白的了。」

蕭七道：「其實我們在進入那座小樓之際，便應該有所懷疑，以蝙蝠的武功，天下之大，何處不能藏身，為甚麼要仍然躲在那裡？」

韓生忽然道：「因為我們都相信你那位大姐的話。」

雷迅一怔，道：「司馬東城？」

蕭七嘆了一口氣，並沒有說話。

雷迅接道：「你們怎麼會懷疑起她來？」

蕭七道：「我與她相識多年，情同姊弟，可是一直都沒有聽到她提及蝙蝠被囚在莊中一事。」

雷迅道：「也許她認為沒有這個必要，而事發之後不是跟你說了？」

蕭七道：「那未嘗不可是因為她知道我們必會到處找尋蝙蝠。」

韓生道：「她沒有信心我們找不到，所以索性說出來，既可以避嫌，又可以引我們進歧途。」

雷迅道：「可是，小樓中，她卻是與我們共生死！」

韓生道：「有驚無險，有那麼一條地道，如何死得了？」

蕭七道：「蝙蝠應該將那條地道封閉才是。」

雷迅摸著鬍子，道：「你們的話想來也很有道理。」

蕭七苦笑道：「老實說，我雖然這樣懷疑，絕不希望是事實。」

雷迅道：「你的心情我們很明白。」

韓生突然道：「有一件事情，你們不知道沒有想到？」

雷迅道：「說好了。」

韓生道：「司馬姑娘麗質天生，到這個年紀仍未嫁人，以我看，只怕並不是沒有男人她瞧得上眼這樣簡單——」

他沉吟接道：「只怕就像是勞紫霞的情形……」

蕭七動容道：「你說她也是被蝙蝠選中那十二個女人之一？」

韓生接說道：「十年之前，她的風頭應該絕不在勞紫霞之下，蝙蝠居然會不知道，知道了居然又會放過她，那你們說有沒有那種可能？」

蕭七不作聲。

韓生接又道：「還有，司馬中原以我所知俠名並不怎樣高，對圍攻蝙蝠一事那麼落力，是不是大有問題？」

蕭七沉吟道：「說起來，他堅持不殺蝙蝠，化那麼大的心血將蝙蝠囚起來，也一樣可疑。」

雷迅道：「會不會就因為蝙蝠那敵國的財富？」

韓生道：「大有可能，若不是他已經死去，我簡直要懷疑假冒蝙蝠的人就是他了。」

雷迅聳然動容。

蕭七忽然道：「死人有時也會復活的。」

「甚麼？」雷迅這才真的大吃一驚。

天邊冷月正就在這時候被遮去，瓦面上本已風急，這時候亦彷彿寒起來。

韓生雖然知道蕭七的意思，仍不禁打了一個寒噤。

所謂死人復活，豈非也就是幽靈從幽冥中出來的意思？

這時候，也正就是幽靈出現的時候。

又是一陣急風吹過，雷迅亦打了一個寒噤，忽然苦笑一下，接道：「你的話我就是不大明白。」

蕭七道：「這時候說那些話，當然是很容易令人發生誤會。」

雷迅道：「你意思並不是說那種東西？」

蕭七道：「絕不是。」

韓生插口道：「大哥好像一直都不相信有那種東西存在？」

雷迅道：「不相信不等於就能夠肯定。」

韓生道：「幽靈的存在與否，能夠絕對肯定的人相信還沒有。」

蕭七微喟道：「即使真的存在，幽冥的幽靈相信也不會染指人間的東西。」

雷迅道：「那麼你意思到底……」

蕭七截口道：「司馬中原的死亡，我只是從我那個大姐的口中得知。」

雷迅道：「這到底是否事實，你原來並不清楚？」

蕭七點頭，道：「我根本沒有見過司馬中原這個人。」

雷迅道：「我雖然見過幾次，但已是十多年前舊事，不過仍可以認得出來。」

蕭七道：「那麼說，在那天拂曉，我們在路上遇上的那個無翼蝙蝠，應該就不是司馬中原了。」

雷迅肯定的道：「絕無疑問。」

蕭七又沉默下去。

韓生插口道：「我們也是從司馬東城的口中知道司馬中原業已死亡。」

雷迅點頭道：「這說來的確有點可笑，我們雖然都是在洛陽，亦都是武林中人，彼此之間沒有任何連繫——」

韓生接道：「司馬山莊在洛陽，事實也是一個很神秘的地方，知道有這個地方的人儘管很多，進去過的人，以我所知卻是一個也沒有。」

蕭七輕嘆道：「兩位甚至連司馬東城原是一個女人也不知道，其他的事情更就可想得知的了。」

韓生、雷迅不由得齊皆點頭。

蕭七沉吟接道：「司馬中原的生死，相信就只有司馬山莊的人才清楚……」

韓生急問道：「蕭兄的意思——」

蕭七道：「回司馬山莊，找司馬東城一問究竟。」

韓生道：「現在？」

蕭七無言頷首，站起身子，眉宇間一片落寞。

坐騎都已經不能再用，在這個地方附近，並沒有其他人家，要找三匹馬，實在不容易。

可是蕭七他們很快就找到了三匹馬，那都是養在這個莊院之內。

勞紫霞走馬江湖，有時也會將那兩個侍女帶在身旁，所以家中養馬多匹，並不奇怪。

蕭七知道莊院內養有馬，那些馬未被發現，不免亦有些兒意外。

雷迅亦笑道：「看來我們的運氣還不太壞。」

蕭七「嗯」的應一聲，旁邊韓生已接道：「那麼蝙蝠只怕就要倒楣了。」

他們說得雖然輕鬆，心情卻並不輕鬆，先後上馬，往莊外奔去。

急激的蹄聲，又敲碎了深夜的靜寂。

夜更深。

司馬山莊內大部份地方的燈光都已熄滅，只有司馬東城居住的那座小樓例外。

她其實還沒有入睡，一個人孤零零的獨坐在妝台前面。

在她的右手拿著一卷書，她的目光卻不是落在書上，而只是凝望著那邊的牆壁。

空白牆壁，什麼也沒有，她整個人事實是陷入沉思之中。

窗戶半開，夜風從窗外吹進，吹動燈火，卻吹不散她眉宇間的憂愁。

她顯然有很多心事，也所以這麼夜仍沒有就寢。

比起蕭七離開司馬山莊的時候，她已經憔悴。

燈光將她的影子照在牆上，看來也是那麼的孤獨而憔悴。

夜風吹透窗紗，燈光焂的一暗。

那邊的牆壁上即時出現了一隻奇大的蝙蝠影子。

那隻蝙蝠的頭與司馬東城的頭同樣大小，口半張，就像在吸噬司馬東城的腦髓。

當然那只是一個影子而已，突然從窗外飛入，伏在燈罩上的那隻蝙蝠，只是一隻普通大小的蝙蝠。

不同於一般蝙蝠的是牠那雙眼睛。

那雙眼睛殷紅如鮮血，彷彿透著一種難以言喻的邪惡。

而蝙蝠一般是畏光，那隻蝙蝠卻竟然飛伏在燈罩上，也是很奇怪。

卻不過瞬息之間，那隻蝙蝠又飛了起來，燈光亦急動。

司馬東城在牆上的影隨著亦起了變化，彷彿要碎成無數片，又彷彿被那隻蝙蝠撕裂，連頭也要被啣走。

這當然只是影子的變化而已，那司馬東城始終好好的坐在那裡，一動也都不一動，彷彿不知道那隻蝙蝠的飛來，那剎那，只是黛眉輕輕的蹙。

那隻蝙蝠飛入了樑上暗處，也就消失在暗影中。

就在這時候，司馬東城忽然地就嘆了一口氣，放下了手中的卷書。

才放下，風聲忽一響，一條人影蝙蝠般從窗外飛進。

漆黑的衣衫，灰白的鬢髮，那滿面的皺紋就像是刀刻出來一樣，在燈光之下，是那麼明顯。

明顯得甚至不像是一張人的面。

那面色亦不像是人的面色，彷彿抹上了一層白堊，一絲血色也沒有。

就連他那雙眼睛，亦有如兩團來自幽冥的鬼火。

那是無翼蝙蝠！

斬殺王無邪，勞紫霞的那一個無翼蝙蝠！假的那一個無翼蝙蝠！

那雙蝙蝠刀斜掛在他腰問，形如蝙蝠的護手，在燈光照射之下，散發著淒冷的光澤，驟看來，就像要化成兩隻真的蝙蝠，飛舞在半空。

他的右手拇食指斜按在刀柄上，卻無論怎樣看來，一些也沒有拔刀的意思。

那雙蝙蝠刀事實始終都沒有出鞘，無翼蝙蝠在房中一張椅子之上坐下來，也始終都沒有驚擾司馬東城。

他到底是什麼人？是不是真的一如蕭七猜測，是司馬東城的父親司馬中原？

司馬中原又是否真的沒有死？

司馬東城絕無疑問已知道蝙蝠的進來，她放下那卷書，緩緩轉過身子，目光落在蝙蝠的面上，絲毫詫異之色也沒有。

蝙蝠即時開口道：「東城，怎麼這時候還不睡覺？」

司馬東城淡淡的應道：「睡不著。」

蝙蝠道：「又在為那件事情憂慮？」

司馬東城沒有回答。

蝙蝠笑接道：「我豈非早就說過，事情一定會順利進行，你是用不著憂慮了。」

司馬東城反問道：「事實又怎樣？」

蝙蝠道：「到現在為止，仍然很順利。」

司馬東城搖頭，道：「並不。」

蝙蝠道：「不錯，其中是出現了一些枝節，但卻能夠迅速的剔除，知道其中秘密的，就只是五娘與你我三人。」

司馬東城道：「表面上看來，似乎就是這樣。」

蝙蝠道：「事實也是，雷汛不過是匹夫之勇，韓生雖然有一點小聰明，卻只是小聰明而已，至於蕭七，終究只是一個人，不是一個神。」

司馬東城冷冷應道：「我們也是。」

蝙蝠道：「不同的，每一步計劃我都反覆推敲再三，而且他們又怎麼會想到整件事情的主謀竟然是一個死人。」

司馬東城不作聲，目光轉落在那兩柄蝙蝠刀之上。

蝙蝠看在眼內，轉笑道：「方才我走了一趟勞家。」

司馬東城道：「勞紫霞那裡？」

蝙蝠道：「她果然是蝙蝠看中的那十二女孩子之一。」

司馬東城道：「我早就懷疑了，當年她在江湖上的聲名絕不在我之下，而她的美麗亦是人所共知，像這樣的一個女孩子，蝙蝠又怎會錯過？」

蝙蝠道：「只因為她也住在洛陽附近，所以你雖然懷疑，卻不敢肯定。」

司馬東城淡然一笑，道：「傳言中，那十二個女孩子分別住在不同的十二個地方。」

蝙蝠道：「但勞紫霞十多年之前在哪裡遇上了蝙蝠，卻也是一個關鍵。」

司馬東城道：「無論是哪裡，現在都已經無須理會了。」

蝙蝠點頭道：「不錯。」

司馬東城接問道：「勞家的人現在又怎樣？」

蝙蝠道：「都死了。」

司馬東城嘆息道：「殺人滅口雖然是最好的保密方法，但秘密既然已不成秘密，又何必多殺無辜？」

蝙蝠無可奈何的應道：「你說的已不成秘密的秘密，是無翼蝙蝠生死的秘密，這嚴格說來，根本就不是一個秘密。」

司馬東城沒有作聲。

蝙蝠繼續道：「是以一開始，我就已準備這個秘密會很快被發現的了，所以，才有竹林下那一條地道。」

他嘆息接道：「我也實在不想多生枝節的，否則，也不會弄那麼的一條地道出來。」

司馬東城轉問道：「你殺勞紫霞到底又為了甚麼？」

蝙蝠道：「她發現了一個真正的秘密。」

司馬東城道：「難道她竟然看出你不是真正的無翼蝙蝠？」

司馬東城這句話出口，忽然又嘆息道：「這也不是一件沒有可能的事情，對於無翼蝙蝠，我相信她一樣印象深刻，不下於我。」

蝙蝠道：「當時我也許太接近了。」

重重的一頓，接道：「對於蝙蝠，她絕無疑問恨之徹骨，最後是要我以無翼蝙蝠的真實情況來交換她那柄蝙蝠刀！」

司馬東城道：「哦？」

蝙蝠道：「所以這個女人我不能夠留下來，也因為如此，我跟著又得再殺一個人！」

司馬東城脫口道：「哪一個？」

蝙蝠道：「王無邪！」

司馬東城一怔，道：「無邪有毒，奪魄追魂？」

「就是這個人！」

「又是為甚麼？」

「勞紫霞與我的對話都被他聽去。」

「他——怎會在勞紫霞那裡？」

蝙蝠笑笑道：「那是因為他要殺勞紫霞！」

司馬東城目光一閃，忽然道：「是不是因為追魂十二煞那件事？」

蝙蝠道：「不錯，蕭七不是曾經告訴你那件事的始末，我們不是因此知道勞紫霞就住在那兒？」

司馬東城沉吟道：「王無邪的傷勢只怕比蕭七意料中的嚴重！」

「重得多！」蝙蝠道：「否則他那種人也不會想到先找容易應付的來解決！」

一頓又說道：「亦不會躲在花木叢中等機會。」

司馬東城道：「也沒有那麼容易被發現。」

蝙蝠道：「他到底還是自視過高了一些，本該趁我進去找蝙蝠刀的時候溜出來！」

司馬東城嘆了一口氣。

蝙蝠接說道：「我擊殺他的時候，又有人飛馬向勞家奔來。」

司馬東城道：「只怕就是蕭七他們了。」

蝙蝠點頭：「若非我在天龍古剎擊斃了他們的坐騎，他們即使救不了勞紫霞，也一定來得及救王無邪。」

司馬東城微喟道：「小蕭實在是一個聰明人，在這裡看到那片倒塌的高牆的時候，他想必已懷疑到天龍古剎中那座倒塌的大殿是才塌下不久。」

蝙蝠冷冷道：「一個人太聰明並不是一件好事。」

「王無邪肯定已死了？」司馬東城忽然這樣問。

蝙蝠肯定的應道：「他被我斬成一個血人，破腹斷腸，即使是扁鵲、華陀再生，也死定了。」

司馬東城道：「像一個他那樣的聰明人，遲早總會找來。」

蝙蝠道：「一切的線索都已切斷。」

司馬東城道：「這件事情的發展到這個地步，破綻已實在太多。」

蝙蝠道：「哪來的破綻？」

司馬東城道：「我一直都沒有時間好好想過，到今夜……」

蝙蝠道：「一切都進行順利，你是疑心生暗鬼，好，就算蕭七真的發現了其中秘密，又能夠怎樣，你要除去這個人，還不易如反掌？」

司馬東城無言嘆息。

蝙蝠接道：「他的武功雖然不錯，只是心腸太軟。」

司馬東城嘆息道：「這是他的致命傷。」

蝙蝠道：「雷迅、韓生兩個更就不足懼！」

司馬東城道：「即使他們找到來，也不能夠證明甚麼，這也是事實。」

她嘆息接道：「只是黑牡丹、白芙蓉那兒更要小心了，他們說不定會找到去。」

蝙蝠沉吟道：「雷鳳在那座密室之內，一定留下了甚麼線索，所以蕭七他們才會追到勞紫霞那裡，但……」

司馬東城道：「原因相信就只有一個，雷鳳的內功其實非常高強，雖然喝了蝙蝠酒，在死前之際，四肢已能夠移動。」

蝙蝠目光一閃，道：「一定就是這樣，否則蝙蝠絕不會突然向她下毒手。」

司馬東城道：「她既然能夠留下勞紫霞的名字，當然也能夠留下黑牡丹、白芙蓉……」

蝙蝠笑笑道：「不要緊，他們若是趕去找黑牡丹、白芙蓉兩人，才最好不過。」

司馬東城奇怪的望著蝙蝠。

蝙蝠笑接道：「也許不用找這兩個人，事情我們已能夠解決了。」

司馬東城更奇怪。

蝙蝠隨即將那柄蝙蝠刀解下，放在旁邊的几子上。

司馬東城目光轉落在刀上。

蝙蝠接說道：「你的那一柄蝙蝠刀拿來。」

司馬東城雙手按在妝台上一轉，一陣輕微的軋軋聲響中，妝台旋開，後面出現了一個壁洞，一柄蝙蝠刀就放在壁洞內。

她也有一柄蝙蝠刀。

難道她真的也是被蝙蝠贈刀的那十二個女人之一？

十八　重回古寺

三柄蝙蝠刀並排放在一起，可以看出完全一樣。

蝙蝠目光一瞬也不一瞬，盯著那三柄刀，忽然道：「東城，你看得出這三柄刀有甚麼地方不同？」

司馬東城道：「無論長短，形狀，輕重，顯然都一樣，這三柄刀惟一不同的地方，相信就只有蝙蝠護手上那些花紋。」

蝙蝠道：「你已經知道那些並不是花紋，是梵文。」

司馬東城道：「亦知道我那柄蝙蝠刀之上，鏤的是一個寶字。」

蝙蝠道：「由蝙蝠那兒得來的那一柄，上面鏤的是梵文中的寺字，我們曾經推測，那些字就是暗示藏寶所在，十三柄蝙蝠刀上的字合起來，就會有一個完整的意思，就會有一個解答。」

司馬東城道：「所以才千方百計，希望能夠從蝙蝠的口中知道，當年他到底將那些蝙蝠刀送給了甚麼人。」

蝙蝠道：「這實在不是一件易事，到現在，我們仍然只能夠得到其中的三柄。」

司馬東城道：「即使再加上黑牡丹、白芙蓉的兩柄，也只是五柄，而上面的字未必連貫，即使連貫也未必能夠看得出其中究竟。」

蝙蝠截道：「我以為三柄已經足夠了。」

司馬東城道：「哦？」

蝙蝠道：「你看勞紫霞那柄蝙蝠刀之上鏤的是甚麼字？」

司馬東城這才細意觀察那蝙蝠護手之上所鏤的那一團花紋。

然後她非常意外的道：「是一個龍字。」

蝙蝠道：「不錯，是龍字，東城，你現在是不是明白了？」

司馬東城無言頷首。

蝙蝠道：「若是我們的推測沒有錯誤，十三柄蝙蝠刀上的字連起來，該就是——寶藏藏在某地某時某些事物內。」

司馬東城道：「看來就是了。」

蝙蝠道：「事實上，蝙蝠這個人對於寺院似乎特別喜歡，也許就因為寺院本來就適宜做一些秘密的事情的地方，但好像天龍古刹那樣的地方一共有十三處之多，分佈於南七北六十三省之內，而十三省中，寺院數以千計，要將之搜遍，實在是沒有可能做得到的事情。」

司馬東城道：「當然了。」

蝙蝠道：「能夠找到天龍古刹，完全是你驚人的記憶，在被蝙蝠放出來之後仍然能夠找回去，我們雖然也曾懷疑到藏珍可能就在天龍古刹之內，但遍搜之下，始終一些收穫也沒有，才打那十三柄蝙蝠刀的主意。」

他苦笑接道：「但只是從那兩柄刀上的兩個字，也是休想有甚麼收穫。」

司馬東城道：「寶下也許是藏字，寺下也許是院字，現在多一個龍字，也許上接的就是一個天字。」

蝙蝠道：「現在我們最低限度已能夠肯定寶藏就藏在天龍寺之內了。」

司馬東城道：「龍字也許是暗示一樣藏寶的東西，也許是一個地方的名字，下未必接寺，上未必接天。」

蝙蝠連連搖頭道：「我們所以那麼肯定，不是沒有原因。」

司馬東城沒有作聲。

蝙蝠接著解釋道：「相信你也絕不會否認，蝙蝠在天龍古剎之內實在化了很大的心血，像他那樣的一個瞎子當然是沒有可能只憑一個人的力量，弄出那樣的一個地方，也許在事後，他殺人滅口，將替他建造那個地方的匠人完全擊斃，但天下間有沒有那麼多的高手匠人，而雖然重金之下，又是否都願意來，而消息又始終不外洩？天龍古剎的建造，無疑經過一番縝密的安排，像蝙蝠那樣的聰明人，應該絕不會重複去做一件同樣的事情。」

他嘆息接道：「其實我們早就應該想到這一點了，可是我們都沒有。」

司馬東城道：「因為我們一直都是將蝙蝠當做一個白痴處置，已差不多忘記了他是一個瞎子。」

「不錯不錯！」

「縱然肯定了寶藏就在天龍古剎也沒有用的，我們不是已經幾乎將天龍古剎翻轉過來？」司馬東城嘆了一口氣，接道：「若是寶藏在天龍古剎，應該已經被我們發現的了。」

蝙蝠道：「若是那麼容易被發現，蝙蝠也不會再化那麼多的心血，製造那樣的十三柄蝙蝠刀。」

司馬東城不能不同意這句話。

蝙蝠苦笑道：「看來我們雖然用不著得到全部十三柄蝙蝠刀，最後的幾柄卻是必須在手，寶藏才能夠手到拿來。」

司馬東城淡然一笑不語。

蝙蝠又說道：「不過能夠確定在天龍古剎，事情也應該可以解決了。」

司馬東城道：「那是要看我們的運氣。」

蝙蝠道：「我們的運氣，不是一直很好？」

司馬東城道：「到目前的確還真不錯。」

蝙蝠道：「蕭七他們去了找黑牡丹、白芙蓉，三五個月之內未必回得來，時間應該很足夠了。」

他的右眼突然射出駭人的光芒，道：「說不定就在今夜，我們就已經將寶藏得到手。」

「今夜？」

「做這種事情，有時一刻也緩不得的。」

「既然蕭七他們數月後才會回來，也不急在這一刻。」

「十年苦心，東城，到現在你看不出爹是怎樣一種心情？」

這蝙蝠對司馬東城自稱爹，不是司馬中原又是誰？

司馬東城一聲嘆息，道：「迫不及待。」

蝙蝠笑接道：「現在我甚至有一種預感——蝙蝠這一次一定能夠幫助我們找到寶藏所在。」

「蝙蝠？」

蝙蝠道：「這一次我們要全力迫使他恢復記憶。」

司馬東城道：「可以嗎？」

蝙蝠道：「我有幾種方法一直都沒有使用，只是恐怕他禁受不住當場命喪，現在都無妨用了。」

司馬東城道：「蝙蝠若真的命喪——」

蝙蝠道：「這個人早就該死了，活多了十多年已是他福氣。」

司馬東城無言。

蝙蝠冷笑接道：「即使寶藏並不在天龍古剎，我們也不必擔心，到時候才去找其餘那十柄蝙蝠刀不遲。」

司馬東城苦笑了一笑。

蝙蝠若已死，縱然找到了黑牡丹、白芙蓉，也只是再多兩柄蝙蝠刀而已，其餘的八柄又到哪裡找尋？

蝙蝠沒留意司馬東城的表情，接道：「你將刀帶著，與我走趟天龍古剎。」

司馬東城搖頭道：「我還是留在這裡的好。」

蝙蝠道：「你不去也罷，反正今晚未必一定有收穫。」

司馬東城幽然轉身，移步在原處坐下來。伸手將妝台推回原位。

然後她又將那卷書拿起來。

蝙蝠看著她，搖頭嘆了一口氣，將那三柄蝙蝠刀抓起，身形一動，越窗飛出。

就像是一陣風，迅速吹逝。

◇

燈光很快又回復平靜。

司馬東城雖然拿著那卷書，目光仍沒有落在書本之上。

她呆坐在那裡好一會，忽然又嘆了一口氣，道：「妳還不下來？」

語聲甫落，瓦面一響，一條人影從妝台旁邊的窗戶倒穿而入。

是一個女孩子。

——秋菊！

她在司馬東城的面前落下，一雙眼睛盯穩了司馬東城。

眼瞳中充滿了恐懼，也充滿了疑惑。

她的面色蒼白如紙，那纖弱的身子就像是秋風中的衰草，彷彿站都已站不穩。

司馬東城放下那卷書，道：「你怎會走來這裡？」

秋菊道：「這是我留在司馬山莊的第一天——」

她的聲音不住顫抖。

司馬東城截口道：「所以你睡不著，是不是？」

秋菊道：「我原是想出院子走走，哪知道才將門推開就看見一條人影從牆頭上掠過，向這邊掠來。」

司馬東城道：「你看的身形就像是蝙蝠一樣，以為是蝙蝠來襲，所以急著走過來，打算通知我一聲。」

秋菊咬著嘴唇，沒有作聲。

司馬東城嘆息道：「你當然知道憑你的本領絕不是蝙蝠的對手，一給蝙蝠發現就只有死路一條。」

秋菊仍然不作聲。

司馬東城道：「你當然也知道一個人的運氣絕不會每一次都那麼好，這一次若是再倒在蝙蝠的刀上，一定就必死無救！」

秋菊嘴唇咬得更緊。

司馬東城道：「可是你仍然要來，為甚麼？」

秋菊的嘴唇已有血流下。

司馬東城替她回答道：「你是因為不能夠見死不救，希望能夠盡你的一分氣力。」

秋菊還是不作聲。

司馬東城長嘆道：「俠義中人到底是俠義中人，現在你知道我與蝙蝠原是一夥了，對自己的行動，後悔不後悔！」

「不！」秋菊嘶聲道：「我雖然看錯了人，卻絕不會後悔自己這樣做！」

司馬東城道：「好！好孩子！」

秋菊道：「我知道是活不下去了，有幾件事情，只望你能夠答覆我，好使我死得瞑目！」

司馬東城道：「你問！」

秋菊道：「那蝙蝠並非真正的無翼蝙蝠？是不是？」

司馬東城道：「是。」

秋菊又問道：「他其實是你的甚麼人？」

「是我的父親。」

「司馬中原？他不是已死了？」

「他死了是我說的，你們相信他死了，只是相信我的話。」

「你一直在說謊！」

「不錯。」

「目的？」

「蝙蝠的藏寶！」

「方才你們說的都是事實。」

「都是！」司馬東城道：「你還想知道些甚麼？」

秋菊道：「我們家小姐與你們到底有何仇怨？」

「沒有。」

「那麼你們為甚麼要那樣做？」

「這件事開始的時候我並不知道，否則，一定要阻止。」

「你說謊！」秋菊簡直在吼叫。

司馬東城沒有分辯。

秋菊咬牙切齒的又問道：「你那樣欺騙蕭公子，慚愧不慚愧？」

司馬東城淡笑道：「無論我做甚麼我絕不會再有任何感受，早在十年前，我的感情便已經麻木。」

秋菊盯著司馬東城，半晌又叫起來，道：「你又在說謊，我看得出的。」

司馬東城截口問道：「你要知道的就是這許多？」

秋菊斷然道：「你現在可以動手殺死我了。」

司馬東城搖頭道：「我若是要殺你，在你躍上瓦面的時候已經動手。」

她嘆息接道：「我甚至只需開口，你就是再有十條命也死光。」

秋菊怔住在那裡。

司馬東城無力的拂袖道：「你現在可以離開了。」

「離開？」秋菊又是一怔。

司馬東城道：「你是一個好孩子，所以一直運氣都很不錯，若不是機括聲同時響，你絕對瞞不過去，絕對活不到現在。」

秋菊疑惑的望著司馬東城。

司馬東城接道：「你以為我是怎樣發現你的？是看見了你的影子！」

「影子？」

「在你掠上瓦面的時候，月光將你的影子照在窗外的一條柱子上。」

秋菊又一怔。

司馬東城道：「你的輕功還不錯，只是江湖經驗還不夠，偷風不偷月，盜雨不盜雪，這些話你總該聽過的。」

秋菊並沒有作聲。

司馬東城再拂袖，道：「快走你的路。」

秋菊道：「難道你不怕我將你的秘密告訴蕭公子？」

司馬東城並沒有回答。

秋菊突然道：「這一定是詭計，你一定又安排了甚麼陰謀？」

司馬東城淡然笑道：「那你就應該快去找蕭七，好讓他知所趨避了。」

秋菊怔怔的盯著司馬東城，半晌又問：「你真的讓我就此離開？」

司馬東城道：「當然是真的。」她嘆息一聲，再次拿起那卷書。

秋菊道：「你不要後悔才好。」

司馬東城沒有再理會秋菊，目光已落在書上。

秋菊一跺足，轉身走過去，將房門拉開，幾乎在同時，她一聲驚叫！

房門外一個人冷然立著，有如殭屍，腰掛三柄蝙蝠刀，竟就是方才越窗離開那個假的無翼蝙蝠。

他好像已立在那裡多時，門打開的那剎那，嘴唇就裂出了一笑。

秋菊從來都沒有見過那麼可怕的笑容，也從來沒有這樣的恐懼。

她呆了一呆，突然回頭盯著司馬東城道：「原來你早就準備好了，叫我離開，其實就是叫我下地府！」

司馬東城在剎那間亦顯然一驚，發出一聲嘆息。

嘆息聲未已，秋菊的咽喉已經割斷，倒下去。

蝙蝠拔刀快，出刀快，收刀也快。

刀入鞘的時候，已一滴血也沒有，他騰出來的右手隨即扶住了秋菊的屍體，扶到一張椅子上。

司馬東城無動於衷。

蝙蝠放下秋菊，道：「你怎麼不阻止？」

司馬東城道：「我若是能夠阻止得了，一定會阻止。」

蝙蝠道：「這一次，我保證她絕不會活得下去。」

司馬東城道：「一個人的運氣絕不會永遠都那麼好的。」

蝙蝠道：「你既然明白這個道理，為甚麼還要放走這個人？」

司馬東城淡應道：「蕭七既然三五個月之後才回來，將她放出去，對我們又有甚麼影響？」

蝙蝠道：「天龍古剎的藏寶……」

司馬東城道：「不是已經確定了？」

蝙蝠道：「那最低限度，她也可能會破壞我們取寶的行動。」

司馬東城道：「我倒沒有考慮到這方面。」

「真的沒有？」

「假的。」司馬東城神情自然。

蝙蝠嘆息道：「現在不是仁慈的時候，對敵人仁慈，就等於是對自己殘忍。」

司馬東城沒有作聲。

蝙蝠接說道：「那麼多人都殺了，又何必計較多殺一個？」

司馬東城無言點頭。

蝙蝠盯著道：「你到底怎樣了？事情到這個地步，竟然還狠不起心腸來？」

司馬東城就只是淡然一笑。

蝙蝠道：「這個屍體你趕忺收拾妥當，別再多生枝節了。」

語聲一落，他身形一動，向門外掠出，雙袖接將門戶帶上。

司馬東城坐在那裡沒有動，也不知過了多久，她才站起身，移步右牆邊下。

牆上掛著一支長劍，是明珠寶劍。

她伸手將劍放下，又移步回到原來的地方坐下。然後她拔劍出鞘。

三尺長劍，有如一泓秋水，在燈光之下，閃動著寒人的光芒。

司馬東城拔劍在手，放下劍鞘，隨便挽了一個劍花，將劍在鞘旁放下。

然後她再一次拿起那卷書，這一次她的目光真的落在書上。

她看得似乎很用心。

房中又回復那種異常的寂靜，秋菊當然是絕不會再騷擾司馬東城了。

血繼續從秋菊的咽喉流下，已染紅了她的胸襟。

這情景又是何等詭異？

一里外，三匹馬在奔馳，蕭七一騎搶在最前面。

風吹亂了他的頭髮，也吹亂了他的心神。

路在樹林中，冷月高掛在梢頭。

在月色照耀之下，他們還不難辨出路來。

雷迅、韓生緊跟在後面，奔了一程，雷迅忍不住說道：「怎麼這條路就像是走不完似的。」

韓生道：「那是你心急之故。」

雷迅道：「該還有多遠？」

韓生道：「出了這樹林，再前行半里，該就到司馬山莊了。」

雷迅忽然想起了一件事，道：「秋菊留在司馬山莊之內，不知有沒有危險？」

韓生沉吟道：「該不會有的，在秘密未被揭破之前，她應該是很安全的。」

雷迅嘆息道：「這可憐的孩了，我實在替她擔心。」

韓生道：「事情到底是怎樣，目前仍然是一個謎，再說擔心也無用。」

雷迅道：「我倒希望我們是疑心生暗鬼，事實並沒有這回事。」

蕭七終於應一聲：「我也是這樣希望。」

說話間，三騎已先後衝出林外。

十九　血淚酬知己

長夜未盡，天色已濃如潑墨，冷月西斜，好像隨時都會掉下來。

房中仍然是那麼靜寂，孤燈照淒清，人影更孤零。

司馬東城目光仍然在書上，也仍然是那個姿勢，始終都沒有變動。

她並不知道現在是甚麼時候，也不知道那書上寫的是甚麼？

她目光雖然凝結在書上，雖然像看得很入神，事實一個字也沒有看入腦。

可是她的腦海卻並非一片空白，思潮起伏，動盪不休。

空白的只是她的眼睛，她當然並不是一個瞎子，現在卻與一個瞎子並沒有多大分別。

窗戶仍開著，夜風吹來院中丹桂的芬芳，也吹來秋蟲的悲歌。

她好像都沒有在意，一直到那馬蹄聲隨風吹進來，那身子才非常突然的顫抖了一下。

她好像這時候才感覺到秋夜的寒意。

馬蹄聲由遠而近的，悲嘶中停下，然後天地間又陷入一片靜寂中。

異常的靜寂，連秋蟲也不再繼續牠們的悲歌。

也就在這時候，司馬東城一聲嘆息。

嘆息聲未已，衣袂破空聲就隨風吹進來。

司馬東城的目光終於從書上移開，移向門那邊，衣袂破空聲也就在門外停下來。

三下敲門聲旋即響起。

司馬東城抬手整理雲鬢，道：「誰？」

「蕭七！」

「是你，小蕭？」

「還有雷迅、韓生兩位朋友。」

「他們都來了？」

「大姐怎麼還沒有入睡？」

「也許等你們來。」

「哦？」蕭七的語聲顯得有些詫異。

司馬東城接道：「門沒有關上，你們要進來就推門進來好了。」

「打擾！」蕭七應聲將門推開。

燈光同時落在蕭七的面上，只見他風塵僕僕頭髮已被風吹得散亂，可是一些疲態也沒有，那眼瞳之內，卻彷彿透著一股無可奈何，一種難以言喻的悲傷。

他看見司馬東城同時，也看見了椅上秋菊的屍體。

他面色沒有變，只是嘆了一口氣，放步走了進去。

雷迅、韓生也看見了秋菊的屍體，不約而同，奔馬一樣奔過去。

秋菊咽喉的傷口已停止流血，雷迅伸手一探秋菊的氣息，面色就變得鐵青。

以他的經驗，當然看得出秋菊已經死亡，可是他仍然伸手探去。

那剎那之間，他完全不覺得自己的動作是無用而可笑。

韓生亦不由自主伸手拉住了秋菊的右腕。

觸手冰冷，他搖頭嘆息道：「沒有救了。」

雷迅鐵青著臉，一步跨前，卻被蕭七伸手按住。

他居然忍了下來。

司馬東城即時道：「坐！」

蕭七當先坐下，雷迅、韓生看見，亦在左右坐下來。

司馬東城目光一轉，道：「三位夜深到來，婢僕得已休息，連清茶也沒有一杯奉客，抱歉得很。」

蕭七道：「無妨——」

司馬東城目光落在蕭七面上，嘆息道：「小蕭——」

「大姐——」蕭七亦是欲言又止。

雷迅插口問道：「秋菊是誰殺的？」

司馬東城道：「我。」

雷迅一沉臉，還未說甚麼，蕭七已截道：「大姐用劍，秋菊頸上的卻是刀傷。」

司馬東城嘆息道：「小蕭，有時候你實在太粗心，但，有時候你卻又實在太仔細。」

雷迅冷笑道：「幸好他粗心的時候不太多。」

司馬東城道：「在我來說，卻是既不幸也不好。」

雷迅追問道：「殺人的到底是哪一個？」

司馬東城尚未回答，雷迅已接問道：「是不是那蝙蝠？」

司馬東城終於頷首。

雷迅再問道：「蝙蝠又到底是甚麼人？」

司馬東城道：「蝙蝠也就是蝙蝠。」

雷迅冷笑道：「我是問假的那個無翼蝙蝠？」

司馬東城道：「以我所知，無翼蝙蝠就只有一個。」

雷迅道：「到這個時候，你還要欺騙我們，難道你還未知道，王無邪並未死亡，已告訴我們一切秘密？」

司馬東城淡然一笑，道：「想不到雷老英雄也會有說謊的時候。」

雷迅怔住。

司馬東城笑接道：「可惜雷老英雄到底並不習慣說謊的人，所以說起來樣子雖然認真，但始終不像。」

雷迅悶哼。

司馬東城繼續道：「殺人的原是一個很審慎的人，王無邪縱然不死，相信也不能夠多作說話，再講，王無邪根本就不知道甚麼秘密。」

雷迅只是悶哼，蕭七按口道：「我們發現王無邪的時候，他的確已奄奄一息。」

司馬東城微喟道：「百足之蟲，死而不僵，像王無邪那種內外功兼修的高手，只要還有一息，已經足夠了。」

蕭七道：「他也只是說出了三個字──是假的。」

司馬東城道：「只是一個假字都已經太多，你們當然不難明白他意思所謂。」

蕭七道：「嗯——」

司馬東城搖頭道：「小蕭，我一向都承認你是一個聰明人。」

蕭七道：「與大姐卻是不能相比。」

司馬東城失笑道：「我若是一個聰明人，根本就不會與你這樣接近。」

她笑容一歛，接道：「事情到這個地步，我們也不必再多廢話。」

蕭七無言點頭。

司馬東城接道：「天網恢恢，疏而不漏，若說這不是天意，也無從解釋，但若說是天意，細思之下，終究自取滅亡。」

雷迅插口道：「這又是廢話。」

司馬東城道：「不錯，但也只是這許多的了。」

雷迅厲聲道：「那麼你坦白回答我幾個問題。」

司馬東城道：「蝙蝠到底是甚麼人？為甚麼要殺雷鳳？事情的真相又是怎樣？」

雷迅道：「你就先回答我這三個問題。」

司馬東城道：「你們今夜能夠趕回來這裡，心中當然就已有分寸，至於我需要回答的都已經回答過了。」

雷迅叱道：「廢話。」

蕭七嘆息道：「大姐——為甚麼要殺秋菊？」

司馬東城道：「她發現蝙蝠飛進來這座小樓內。」

蕭七道：「那她一定是想來助大姐一臂之力，卻不料發覺並不是那回事……」

司馬東城頷首道：「她是一個很好的女孩子，可惜好人大都不長命。」

蕭七道：「最可惜還是大姐雖然不想她死，到頭來還是阻止不了。」

司馬東城道：「你看我的心腸會有那麼好？」

蕭七道：「大姐若是心夠狠，大可以騙我們進竹林內，以竹林內的機關火藥，已足以要我們死上很多次了。」

雷迅、韓生聽說，齊皆動容，他們不能不承認蕭七說的是事實。

司馬東城沒有作聲。

蕭七道：「大姐原是一個很善良的人，對於大姐的遭遇……」

司馬東城倏的拂袖道：「別說了。」

蕭七道：「那麼小弟只問大姐一件事，而無論大姐回答與否，我們都會立即就離開。」

雷迅急道：「兄弟──」

蕭七截口道：「我們要知道事情的真相，可以問那個假的無翼蝙蝠，也應該只去問這個人。」

雷迅濃眉一皺，終於點頭。

蕭七接問司馬東城道：「大姐，那個假的無翼蝙蝠現在到哪裡去了？」

司馬東城反問道：「你打算怎樣？」

蕭七道：「鎮遠鏢局的數十條人命，勞紫霞一家四口……」

司馬東城道：「你要代他們向蝙蝠討一個公道？」

蕭七斬釘截鐵的道：「不錯！」

司馬東城又問道：「你以為我會不會告訴你們？」

蕭七嘆了一口氣，還未說甚麼，司馬東城已接道：「我要說的都已說完，還要說的只有一句話！」

蕭七道：「小弟在洗耳恭聽。」

司馬東城沉聲道：「我們交情今夜為止！」

蕭七一怔。

司馬東城隨即探手取過了那支長劍。

劍已經出鞘，隨著移動，在燈光下劃閃出一道奪目的寒芒。

雷迅、韓生刀劍出鞘，「嗆啷」一聲暴響，震人心魄。

蕭七沒有拔劍，道：「大姐，我們就算不再是朋友，也不會成為敵人，今夜之會亦是到此為止，小弟告辭。」

雷迅急道：「蕭兄弟，這個……」

蕭七揮手截住，道：「前輩放心，在下已有打算。」

雷迅一皺眉，終於道：「好，聽你的。」伸手便要抱起秋菊的屍體。

司馬東城即時以指彈劍，「嗡」一聲劍發龍吟，同樣震人心魄，雷迅的動作亦被這一聲龍吟震斷。

司馬東城接道：「你們進入這座小樓容易，離開可沒有那麼容易！」

蕭七道：「大姐的意思……」

司馬東城道：「那得先闖過我這支劍！」

「除此之外……」

「別無他途！」司馬東城說得很認真。

雷迅悶哼道：「司馬家的追命劍，雷某人早就有意思見識一下了。」

司馬東城道：「所以這好機會，莫要錯過了才好！」

雷迅道：「妳放心！」

司馬東城目光回到蕭七的面上，道：「拔你的斷腸劍！」

蕭七搖頭，道：「大姐，我們之間應該還有第二條路可走。」

司馬東城道：「本來有的，只是你們這樣闖進來，卻就沒有了，這個道理相信你明白。」

蕭七無言。

韓生一直都沒有作聲，這時候忽然插口，道：「姑娘也是一個很明白事理的人，既然與這件事沒有關係……」

司馬東城截道：「誰說我與這件事並沒有關係？」

韓生道：「鎮遠鏢局鏢隊的死亡，肯定與姑娘並沒有任何關係。」

司馬東城道：「這是事實。」

韓生道：「鳳兒的分屍與秋菊的斷頸，也不是姑娘下的毒手。」

司馬東城道：「這也是事實。」

她冷冷接道：「事情即使與我一些關係也沒有，我還是要管。這個道理雖然不易懂，你們相信都應該明白！」

韓生無言。

司馬東城劍橫胸前，又說道：「現在我應該已不在此地，所以仍然在此地，就是等你們到來。」

蕭七嘆息道：「大姐原是一個聰明人。」

「你也是。」司馬東城沉聲道：「你能夠在天亮之前趕到來，我總算沒有走眼。」

蕭七道：「王無邪臨終遺言實在幫了我很大忙。」

司馬東城道：「事情的本身原就是很多破綻，即使沒有王無邪這條線索，你們遲早也一定會找到來。」

「也許。」蕭七欲言又止。

司馬東城目光落在劍鋒上，冷冷的接道：「劍原是無情之物，閣下小心了。」

她連稱呼都已改變。

蕭七嘆息道：「劍雖然無情，人卻是有情，若不是，大姐也無須叮囑我小心。」

司馬東城道：「也只是小心二字而已。」

語聲一落，她站起了身子，空氣中即時多了一股濃重的殺氣。

蕭七的神態亦同時凝重起來。

雷迅目光一閃，道：「蕭兄弟，你說我們應該怎樣？」

蕭七尚未回答，司馬東城已說道：「應該怎樣並不在他。」

雷迅仍然問道：「在誰？」

司馬東城道：「在我！在我手中三尺劍！」

語聲陡高，道：「看劍！」人劍突然淩空飛來！

劍未到，激烈的劍氣已充斥著整個房間，燈光立時就一暗！

一劍三式，分刺蕭七、雷迅、韓生三人。

每一劍都是迅速而狠辣，亦都是刺向三人的要害！

劍刺向蕭七的心臟，刺向雷迅的咽喉，刺向韓生的是眉中！

蕭七劍原在鞘內，那剎那突然出鞘，間髮之差，擋開了刺向心臟的一劍！

「叮」的一蓬火星在雙劍之上激射開來，蕭七若不避，又不擋，那一劍絕無疑問一定能夠將他的心臟穿透！

雷迅、韓生亦同時將刺向自己的一劍封開。

韓生身形欺前，接道：「以三對一，就是將你擊倒，亦不見得本領，江湖上的朋友亦說我們只懂得欺負女孩子……」

司馬東城冷笑道：「今晚的一戰，只有我們四個人知道，那來這許多廢話！」

韓生輕喝道：「我就第一個先來會你！」劍勢同時展開，銀光飛閃，一連十劍，刺向司馬東城！

司馬東城身形遊走，一面閃避一面道：「你若是敗了又如何？」

韓生道：「就是還有命，也不會再出手！」

司馬東城一聲：「好！」人劍急展，「叮叮叮」再接韓生三劍，回攻一劍，攻的竟就是韓生劍勢的破綻所在，必救之處！

韓生大吃一驚，身形急退！

司馬東城乘機欺進，勢如破竹，一連三劍，刺的都是同一個部位！

韓生一退再退！

司馬東城一步也不放鬆，十三劍急刺，就將韓生的身形封死，再一劍，刺向韓生的眉心，其快如閃電。

韓生眼快手急，銀劍斜挑，迎向來劍，哪知道司馬東城如此凌厲的一劍竟然是虛招，韓生銀劍一挑起，他劍勢就變，在韓生銀劍不及的位置刺進去，刺向韓生的左脅！

「叮」一聲，劍竟是刺在刀鋒之上！

雷迅旁觀者清，及時一刀，替韓生擋住了那一劍！

韓生那刹那面色大變，一頓足，倒退了下去！

雷迅立即補上，金刀滾起了一團刀花，貼地斬向司馬東城！

刀未到，司馬東城身形已凌空，倒躍上一張椅子之上！

那張椅子立即在刀光中粉碎，卻就在刀光滾到了那刹那，司馬東城的身形又已凌空，風車般一轉，翻上雷迅身後，另一張椅子的椅背上！

雷迅的金刀原式不變，身形卻不停接向那邊滾過去！

他雖然背向司馬東城，但耳聽風聲，已知道司馬東城身形何去。

可是他人刀才滾轉，就突然停下。

秋菊的屍體就在那張椅子上，他刀勢若是不停，勢必刀斬成屍體上。

也就在他一停的刹那，司馬東城人劍已倒飛回來！

兩者之間的距離，雷迅的反應將會怎樣，顯然她都已計算在內，那一劍刺正是恰到好處！

劍光迅急而輝煌，一閃即至，雷迅抽刀急封，腳下同倒退半丈！

那一刀並沒有將劍封開，他倒退得卻及時，裂帛一聲即時響起，胸襟仍然被劍劃破！

司馬東城並沒有追擊，劍橫胸前，冷冷的盯著蕭七。

雷迅那邊一退即回，金刀一翻，便待撲上，司馬東城幾乎同時轉回，目光閃電般落在雷迅的面上，道：「你已經敗了，還想怎樣？」

雷迅悶哼道：「詭計取巧，算不得本領。」

司馬東城冷笑道：「武功機智，原就是做一個高手俱不可以缺少的條件。」

雷迅冷笑道：「你的劍只是劃破了我的胸襟，並未能置我死地！」

司馬東城盯著雷迅，右腕一翻，「哧哧哧」突然虛空刺出了三劍，道：「再加上這三劍又如何？」

雷迅看在眼內，面色一變。

司馬東城接道：「我這三劍若刺出，蕭七一定會插手，等如沒有刺一樣，所以才不刺！」

蕭七一步跨前，道：「總該輪到我了。」

雷迅振刀道：「我們可不能……」

司馬東城目光轉落在韓生而上，道：「姓韓的說話是否不算！」

韓生尚未答話，蕭七已應道：「我們江湖中人，一言既出，駟馬難追。」

韓生硬著頭皮道：「蕭兄說得是。」

轉對司馬東城，道：「姑娘武功機智，勝人一籌，韓某敗得無話可說。」

司馬東城道：「你練的原是拚命之劍，方才都沒有拚命之心，劍上破綻自然就畢露無遺，這一點相信你也心中有數。」

韓生由衷道：「好眼光，見微知者，只怕我拚了命，也不是姑娘的對手！」

司馬東城冷笑道：「那我少不免花上一番氣力，再戰金刀的時候，就沒有那麼容易取勝了。」

一頓又說道：「所以我還是應該多謝你的。」

韓生嘆了一口氣，他雖然敗在一時心軟，對司馬東城，確實就生不出拚命之心。

司馬東城轉對雷迅道：「閣下的心腸也是不夠狠辣。不知道你們過去如何，但若像你們現在這樣，還是待在家中好，走在江湖上，就是我也替你們擔心。」

雷迅哼一聲，並沒有回答。

司馬東城笑接道：「好像你這樣粗心大意的莽人，若不是一直有銀劍來替你打點，也很難活到現在。」

雷迅怒道：「你少幾句廢話成不成！」

司馬東城道：「這確然都是廢話，因為你非獨已經成名江湖，而且還活到現在。」

她轉向蕭七，接道：「你的劍固然夠狠，心腸也是一向夠硬，應該用不著我來廢話。」

蕭七道：「大姐——」

司馬東城冷截道：「改一個稱呼！」

司馬東城接道：「我們賭一賭如何？」

蕭七嘆息不語。

雷迅替蕭七問道：「賭甚麼？」

司馬東城道：「蕭七若勝了無話可說，若敗了，你們就此作罷！」

雷迅道：「這個不公平。」

司馬東城道：「我既已成為一個死人，又如何有話可說？」

雷迅怔住。

司馬東城冷笑道：「我看閣下也不是那愚蠢的人，竟然不明白我的意思。」

雷迅沒有作聲。

司馬東城轉問蕭七道：「你賭不賭？」

蕭七道：「我能夠不賭？」

司馬東城一笑道：「不能夠！」

她的笑容比冰雪還冷，語聲亦一樣，最後一個「夠」字出口，劍亦出手！

劍在燈光下閃動，有如閃電一樣，只一閃，已到了蕭七咽喉！

蕭七一劍封開，他的劍絕不比司馬東城的慢，一劍劃出，連隨變招，「叮叮」聲響中，又接下司馬東城的十九劍！

司馬東城劍勢不絕，一劍急一劍，她體力的充沛，非獨雷迅、韓生驚奇，就是蕭七也顯得有些兒詫異！

他一些也不敢大意，卻是只守不攻！

「叮叮」聲不絕，司馬東城的劍勢已施展至極限，身不移，肩不動，眨眼之間，竟刺出百七十二劍！

每一劍都絕對可以將蕭七刺殺！

蕭七快破快，仍然不攻，接到百七十一劍卻是連守也都已守不住！

司馬東城再一劍當胸刺入，直刺蕭七的心房！

她的劍絕無疑問較之蕭七要快，雖然快不了多少，但已經足夠。

蕭七也知道守不住，劍一封不成，身形已同時倒飛！

司馬東城長身還擊，劍勢不變！

她的輕功亦顯然猶在蕭七之上，蕭七一連變了十多個姿勢，仍然無法擺脫得了那一劍追刺！

可是他並沒有灰心，身形再三變，終於自劍下脫出來！

他的劍終於反擊，連劃十七劍，道：「大姐的劍法身形俱都已遠勝當年，小弟佩服！」

司馬東城冷笑道：「你若不還擊，不須三百劍，必傷在我的劍下！」

蕭七道：「不錯！」

說話間，兩人已對拆百劍！

司馬東城接道：「司馬家追命三劍你若是接得下，我亦無話可說！」

這句話一出，她混身閃起一片劍芒，人同時拔起，一劍竟化作百劍，凌空急刺向蕭七！

蕭七目光一閃，劍勢急變，一連七變！

他以斷腸七式中的第一式破了司馬東城的追命第一式。

司馬東城人劍凌空落下，身形三變，劍勢亦三變。

一道嚴密的劍網旋即從她的身上撤出來，網向蕭七！

蕭七劍勢亦同時變換，既攻且守，斷腸七式連環施出三式，才將劍網擊散！

司馬東城輕叱一聲，劍影一歛，一劍閃電般刺出！

這一次她只是刺出一劍，然而這一劍變化的複雜，卻已非常！

雷迅、韓生看不出那一劍到底要刺向哪一個部位！

蕭七也一樣看不出，他的劍勢同時展開，斷腸七式連變四式！

那四式一共二十八個變化，但竟然封不住司馬東城的那一劍！

那一劍有如水銀瀉地，迅速從蕭七劍勢不及之處穿入來！

蕭七那剎那又是兩式施展，一式七變，兩式十四變，到第十四個變化，他才聽到「叮」一聲，幾乎同時他看清楚司馬東城那一劍正向他咽喉穿來！

那一劍被他那第六式最後一個變化所阻，雖然截不下，劍路已因此分明！

蕭七的劍很自然的震動起來，斷腸七式的最後一式已迅速已極的展開！

第一式仍然是七個變化！

第一變，劍已封住了來劍，再一變，貼住了來劍的劍鋒，第三變一絞，司馬東城的劍立即被封出外門，第四變急落，第五變一轉，劍就削進了司馬東城的小腹！

那剎那之間的變化，有如電光火石，蕭七的斷腸劍第七式若是不施展，必死在司馬東城穿喉一劍之下，可是一施展，卻變成有去無回！

連他都已控制不住勢的變化！

「叮」一聲，司馬東城手中劍墮地，雙手掩住了小腹。

劍勢已收，斷腸劍已從司馬東城的小腹拔出來，一縷鮮血順著劍鋒滴落！

第一滴血尚未滴在地上，蕭七的劍已插入地面，他騰出雙手，扶住了司馬東城，脫口呼道：「大姐——」

司馬東城道：「改一個稱呼！」

「改不了！」蕭七迅速封住了司馬東城的幾處穴道。

司馬東城淒然一笑，道：「你知道這是沒用的，像你這種聰明人，為甚麼還做出這種沒用的舉動來？」

蕭七再也說不出話來。

司馬東城嘆息道：「我知道你的斷腸七式一定破得了司馬家的追命三劍，卻是想不到你劍上的變化仍然有餘未盡。」

她的語聲已變得有些嘶啞。

蕭七亦自嘆息，道：「大姐——」

司馬東城道：「我先後已幾次看過你的斷腸劍出手，原以為可以掌握得住劍勢的所有變化，無情子一代天驕，果然不是我能及！」

蕭七道：「大姐也不差。」

司馬東城搖頭道：「若不是已看過你用劍，司馬家的追命劍只怕連你的五式也接不下。」

她一笑接道：「斷腸劍名不虛傳，小蕭你的身手也實在不凡。」

她的笑容是那麼淒涼，蕭七看得心都快碎了，道：「大姐，我實在不想殺你。」

司馬東城道：「可惜你根本控制不住劍勢變化，也幸好控制不住，否則死的就不是我，是你了！」

她嬌笑接道：「我原就想死在你劍下，現在既能夠如願以償，更就無話可說了。」

她的笑容變得好像很嬌俏，但看在蕭七眼內，只有更覺得悲哀。

司馬東城笑接道：「小蕭，你珍重——」

語聲未已，她的頭一側，就含笑死在蕭七的懷中。

她的眼闔上，那剎那，淚水突然流下來。

蕭七沒有動，也沒有作聲，呆住在那裡。

韓生、雷迅看在眼內，心頭一陣愴然，亦怔住在當場。

風穿窗吹入，窗外的天色更混如潑墨，長夜雖未盡，距離黎明只怕已不遠了。

也不知過了多久，蕭七吁了一口氣，伸手拭去司馬東城的眼淚。

淚未乾，卻已被吹冷。

司馬東城的肌膚亦變得冰凍，蕭七無言抱起了司馬東城的屍體，移步到床前，將屍體放下。

他拉過床上的錦被，替司馬東城蓋好，將錦帳放下，才退下來。

他那一身的白衣亦已被血染紅，那原是司馬東城親自替他裁縫，親自替他披上，現在卻染上司馬東城的血。

這若是命運，未免就太可哀了。

蕭七走到劍旁，將插在地上的那支斷腸劍拔起來，劍上已一滴血也沒有。

他撫劍嘆了一口氣，道：「我們走！」

雷迅如夢初覺，道：「走去哪裡？」

「天龍古剎！」

雷迅又一怔，道：「還去天龍古剎幹甚麼？」

蕭七道：「找蝙蝠。」

韓生道：「假的那一個？」

蕭七道：「真的也許亦會在。」

韓生奇怪道：「他們怎還會去天龍古剎？」

蕭七道：「為了蝙蝠的寶藏。」

他說得很肯定，韓生、雷迅聽著無不奇怪，方待問，蕭七接道：「秋菊絕不是司馬東城殺的。」

韓生道：「司馬東城亦已經承認。」

蕭七道：「殺人的絕無疑問就是蝙蝠——那假的無翼蝙蝠。」

韓生道：「應該就是了。」

蕭七道：「他殺死勞紫霞，奪得蝙蝠刀之後，應該就搶在我們前頭，去找黑牡丹、白芙蓉，可是他卻那麼急趕回來這裡，那只是說明了一件事。」

韓生心念一動，道：「多了勞紫霞那柄蝙蝠刀，他已經發現其中秘密？」

蕭七點頭道：「附近蝙蝠的巢穴只有天龍古剎這一個地方。」

韓生道：「這似乎沒有理由。」

蕭七道：「表面上看來的確沒有，因為那假的蝙蝠，一定絕不會錯過那天龍古剎的任何地方。」

韓生道：「可不是。」

蕭七道：「但像蝙蝠那麼聰明的人，他若是要保存一個秘密，一定會有一個令人很意外，很難找得到的方法。」

韓生道：「那到底是甚麼秘密？」

蕭七道：「也許是蝙蝠那號稱敵國的財寶，也許是他驚人的武功秘訣，但亦不無可能就是那些女人的雕像。」

韓生一怔，道：「那些雕像……」

「是蝙蝠的一生心血所在，在別人看來，也許並無多大價值，但在他蝙蝠本人，卻是沒有甚麼東西能相提並論。」

「果真如此，那假的蝙蝠發現秘密的真相，只怕要活活給氣死。」

蕭七嘆息道：「這個可能性卻並不大，蝙蝠將秘密留在刀上，隆而重之，而天龍古剎密室卻似乎不難發現。」

韓生沉吟道：「蝙蝠這秘密也是留給常人的，在常人眼中，只怕沒有甚麼比一筆龐大的財寶更吸引的了。」

雷迅道：「蝙蝠傳說富可敵國，在他失蹤後，以我所知江湖上也有不少人在找尋他遺下來的財寶所在，是以那秘密應該就是財寶的秘密。」

韓生忽問道：「你們以為那假的蝙蝠是甚麼人？」

雷迅道：「司馬中原！也只有司馬中原才能夠令司馬東城這樣。」

蕭七嘆息道：「大姐方才雖然沒有說出來，但言下之意，已差不多是承認了。」

雷迅道：「可不是？」

韓生道：「但問題來了，司馬中原也是富甲一方，還要那麼多錢幹甚麼？」

雷迅忽然大笑了起來。

韓生怔怔的看著他，大惑不解。

雷迅大笑道：「兄弟你所以始終做不了一個成功生意人，連這個道理也想不通。」

韓生道：「大哥你請說。」

雷迅道：「你甚麼時候聽說過有人是嫌錢多的？」

韓生沉吟道：「這也是。」

雷迅道：「越是有錢的人就越喜歡錢，他若是不喜歡錢，根本就不會成為一個有錢人，既然喜歡錢，當然就會越多越好。」

韓生嘆息道：「只怕就是這個道理了。」

雷迅回顧司馬東城，道：「司馬姑娘也實在太傻了。」

蕭七嘆了一口氣，道：「我一直不明白為甚麼她老是鬱鬱寡歡，甚麼男人都不看在眼內，現在終於知道答案所在。」

雷迅咒詛道：「該死的蝙蝠，也不知害死了多少女孩子。」

韓生道：「司馬中原也是該死的，他看見自己的女兒這樣子，為甚麼還要冒充蝙蝠，去害其他女孩子？」

雷迅道：「只怕他快要瘋了。」

蕭七道：「錢財的確會使人變成瘋子，為了得到蝙蝠的秘密，他大概已甚麼手段都用出來，只因為都沒有效，最後才想到這個辦法，假裝無翼蝙蝠。」

雷迅道：「我還是不大明白。」

蕭七道：「蝙蝠已經是一個白痴，要他說出秘密相信就只有一個辦法——那就是令他回復正常！」

雷迅道：「哦？」

蕭七接道：「要達到那個目的，除非又讓蝙蝠再大受刺激，這其中道理，我一時也說不清，總之，一個喪失記憶的人在看到一個與自己完全一樣的人，在重複做自己以前做過的事情，相信多少也會有一些記憶。」

韓生擊掌道：「應該就是了，怎麼我們一直都沒有想到？」

蕭七道：「那是因為我們一直都不知道有兩個無翼蝙蝠。」

雷迅苦笑道：「有誰想得到？」

蕭七道：「至於那個假的無翼蝙蝠到底是不是司馬中原，目前雖然已肯定，但到底是否事實，還有待證明。」

雷迅道：「若是兄弟你推測不錯，應該很快就清楚了。」

蕭七點頭舉步，走出房門。

外面夜色仍然是那麼沉，黎明雖未遠，但仍然還有一段時間。

二十 蝙蝠·蝙蝠

夜深風急。

荒草不停的沙沙作響，就像是有無數的冤魂野鬼在其上不停走動。

月色是那麼淒冷，頹垣斷壁間月光之下黑影幢幢，亦有如藏匿著無數的野鬼冤魂。

天龍古剎原就是一個甚陰森恐怖的地方，在如此深夜，更不像人間所有。

可是在這個時候，卻有兩個人走在寺內荒草叢中。

那兩個人身材差不多高矮，裝束一樣，甚至相貌亦竟然完全一樣。

漆黑的衣衫，蒼白的臉龐，那種顏色，是一種已接近死亡的顏色。

披散的鬚髮在夜風中飛揚，一種難以言喻的陰森，就因為這兩個人的出現，在空氣中無聲的散發開去。

草叢中本來無霧，這時候忽然有霧。

淒冷的夜霧，彷彿被風從遠山吹來，又彷彿發自那兩個人的身上。

那若是事實，就不是夜霧，是鬼氣的了。

不過那兩個人雖然很像是野鬼遊魂，但細看之下卻又不像。

傳說中鬼是沒有影子的，那兩個人卻有。

月光下，那個人的影子隨著他們的移動，飄蕩在草叢中，斷壁上。

月吹草動，那些野草就像是刀一樣，將他們的影子割成了千百片，可是到他們的影子移到斷壁上，便又回復完整。

很多人都曾有這種經驗，卻絕少人的影子好像他們這麼怪異。

當先那個人的行動總算是比較正常，但後面那個人簡直就像是傀儡一樣，舉手投足是那麼生硬，就像是被一條條的繩子牽扯著。

那些繩子卻也就像是操縱在前行那個人的手中，後面那個人的舉動簡直就像是在模倣著前行那個人。

月光也照清楚他們的容貌，無論甚麼人，這時候看見他們，少不免都會大吃一驚。

他們的相貌雖然不怎樣醜陋，卻有一種難以言喻的陰森恐怖。

更詭異的是，他們的相貌竟然完全一樣，就像是一個模子印出來的。

走在前面的那個人是蝙蝠，後面的那個人也是蝙蝠。

無翼蝙蝠！

野草在夜風中顫抖，在兩個蝙蝠的腳上折斷。

穿過後院的雜草，他們來到了走廊旁邊那座長明石燈前面。

當先那個蝙蝠停下了腳步，上下打量了那座石燈為遍，然後半俯下身子，伸手將那座石燈抱了起來。

那條地道於是出現。

那個蝙蝠接開口道：「下去！」

其後那個蝙蝠一直在模倣著當先那個蝙蝠的動作，尖應道：「下去——」生硬的動作就變得有些兒靈活，「咭咭」的怪笑一聲，一步跨進地道，拾級往下面走去。

捧著石燈那個蝙蝠跟著亦舉步跨進地道，旋即將石燈移回原位。

兩個蝙蝠就這樣在地面上消失。

陰森的氣氛並未因此改變。

這本來就是一個陰森恐怖的地方。

古道上亦一樣夜風吹急。

放風吹過樹梢，有如鬼哭，今夜，就連這條古道，亦顯得有些兒陰森恐怖。

情。

三匹馬這時候正奔馳在古道上。

蕭七一馬當先，一些倦態也沒有，俊臉上卻籠著一種難以言喻的惆悵。

韓生、雷迅緊跟在後面，他們雖然看不到蕭七的臉，卻知道蕭七現在是怎樣的心情。

所以他們都沒有作聲。

轉了一個彎，又來到那座茶寮。

那座茶寮仍然是倒在路旁，只是寮中的屍體已經全被搬走，縱然有血跡留下，這時候亦已經乾透了。

空氣中也沒有血腥的氣味。

雷迅卻彷佛又已嗅到那股血腥，不覺又想起了那群死去的兄弟，混身的血液亦同時沸騰起來。

他實在想放聲大叫：「我現在去替你們報仇！」

韓生也有這種衝動。

他們尚未叫出來，胯下的坐騎已叫起來，叫得很突然，很恐怖。

蕭七那匹坐騎也沒有例外。

馬嘶聲中，三匹馬前蹄奮起，竟然不肯再走前，彷彿受了很大的驚嚇。

在前方卻沒有人。

——馬為甚麼驚慌？

韓生、雷迅一面勒住坐騎，一面驚訝的互相望了一眼。

蕭七即時一聲輕叱：「小心！」

語聲甫落，「噗噗」聲突然四起，無數的蝙蝠突然從林中飛出來，飛撲向三騎！

馬嘶更急，奮力掙扎，三人幾乎都拉不住，給掀下來。

金刀銀劍「嗆啷」出鞘，蕭七斷腸劍的劍柄亦在握，一雙眼盯穩了那座倒塌的茶寮。

蝙蝠已撲下。

金刀飛舞，匹練也似的刀光中，一隻隻蝙蝠被斬成兩片，飛墮地上！

韓生的銀劍亦不慢，銀光一閃，就是一隻蝙蝠濺血激開！

蕭七沒有動，那些蝙蝠卻一飛近就繞開，並沒有撲到他的身上！

他的劍雖然未出鞘，劍氣已彌空。

那種劍氣雖然不能夠傷人，卻能夠令人膽落魂飛了。

對蝙蝠是否也一樣？那些蝙蝠是不是也感覺到那股劍氣？

雷迅金刀不停，連刺蝙蝠十數隻，看見蕭七劍仍在鞘內，好些蝙蝠似乎就要撲到他身上，不由脫口大呼道：「蕭兄弟小心！」

這一下耽擱，一隻蝙蝠就穿過刀網飛進來，撞在他的臉頰上！

雷迅驚呼拂袖，「拍」地將隻蝙蝠揚飛，刀光一閃，又將一隻蝙蝠斬殺刀下！

蕭七即時道：「蝙蝠只可以嚇人，不能夠殺人！」

他的目光仍盯著那邊，話好像對雷迅說，也好像不是。

雷迅「哦」的一聲，收刀，他信任蕭七，就像信任他的刀一樣。

韓生亦收劍。

在兩騎旁邊，已倒著無數死蝙蝠，一股腥臭的氣味，蘊斥在空氣中。

那些蝙蝠繼續向兩人撲至，有幾隻就伏在兩人的身上。

韓生、雷迅從來都沒有過這樣的遭遇，由心寒出來，卻都沒有驚呼。

伏在他們身上的蝙蝠也只是稍留便飛起來，飛舞在半空。

飛舞在他們的周圍。

馬驚嘶不已，但在三人的控制下，並沒有奔出，對那些蝙蝠逐漸亦好像習慣，終於停止了嘶叫掙扎。

蕭七的目光始終不變，這時候又道：「閣下應該現身了！」

一聲冷笑隨即在那邊響起，一個人跟著緩步在林中走出來。

漆黑的衣衫，蒼白的臉龐，散亂的鬚髮。

——無翼蝙蝠！

第三個無翼蝙蝠！

◇

蕭七三人當然並不知道天龍古剎之內已經出現了兩個無翼蝙蝠，在蝙蝠現身的剎那，他們只想到一件事。

——這蝙蝠到底是假的還是真的？

蝙蝠的身外也有蝙蝠在飛翔，牠們沒有撲下去，只是像臣子侍候帝王一樣。

蝙蝠的腳步移動得很緩慢，在林外三尺停下，整個身子仍在陰影中。

蕭七盯著蝙蝠，始終是那麼沉著，韓生、雷迅卻已經忍不住，雷迅突然嘶聲大呼道：「你這個蝙蝠到底真的還是假的？」

蝙蝠並沒有回答，雙臂一振，發出了一聲尖嘯，飛舞大半空那些蝙蝠立時瘋狂撲下！

他瘦長的身子同時凌空射出去！

半空中寒光一閃，蝙蝠的右手中已多了一支劍！

三尺長劍，閃電般刺向馬上的蕭七！

那些蝙蝠縱然亂不了蕭七的心，也應該可以擾亂蕭七的視線！

這一劍的速度、角度、更是令人意外！

雷迅、韓生已準備蝙蝠突然出手，一見蝙蝠動，立即雙雙離鞍拔起，一刀一劍左右迎去！

他們卻竟然都追不上那一劍的速度，一刀一劍尚未到，蝙蝠那一劍已先到了蕭七的胸膛！

「叮」的一聲即時響起！

蕭七那刹那劍已到手，一劍震開了刺來的劍！

那刹那全身形亦已離鞍，藉一震之力，凌空風車大翻身，落於蝙蝠的身後！

蝙蝠劍刺空，身形亦落下，半身疾轉，三劍疾刺了出去。

第一劍距離蕭七還有一尺，第二第三劍卻已可以將蕭七刺殺劍下！

這個人在劍上的造詣，顯然是猶在司馬東城之上！

他用的也正是司馬家的追命劍法。

難道他就是司馬中原？

蕭七動念未已，蝙蝠的追命三劍已出手，一氣呵成，迅速而靈活！

一夜之間，蕭七這已是第二次遇上追命三劍，一次比一次凌厲！

劍光閃電一樣，在如此月夜，竟然也令人有奪目的感覺！

那支劍卻絕不比司馬東城那支好！

絕無疑問，那並非劍的關係，只是用劍人的劍術內功都勝司馬東城！

雷迅、韓生劍已趕至，但都殺不進劍網之內！

蕭七的斷腸七式已經出手！

兩支劍在半空交擊，「錚錚」聲不絕，一蓬蓬火星迅速迸開！

兩人的身形亦急動，兩條人影那剎那彷彿已合成一條，兩支劍亦彷彿已合成一支劍！

劍影漫天，一道嚴密已極的劍網在半空展開，寒芒飛閃。

雷迅、韓生看不透，豆大的汗珠從兩人的頭上滾落，兩人都心急如焚。

他們實在想加蕭七一臂之力，可是卻不能插手，他們當然都知道，看不透而插手，非獨無助，說不定還會將蕭七誤傷！

他們亦知道司馬家追命三式的厲害。

司馬東城那三式他們自問是接不下，而蕭七雖然接下，接得亦是凶險之極。

他們看得出，亦看得出蝙蝠的造詣猶勝司馬東城。

可是他們就是無從插手！

蕭七與那個蝙蝠的身形劍法變化實在太迅速，太嚴密！

斷腸七式快準狠，司馬家追風三式亦是一樣，生死絕無疑問，也就決定在這眨眼之間。

雷迅、韓生握著兵器的右手青筋畢露，在勝負決定的那剎那，倒的若是蕭七，他們絕無疑問就會撲上前去，捨命一戰！金刀銀劍雖然比不上斷腸追命，但傾全力捨命一擊，亦應該可以將蝙蝠刺殺！

因為蕭七縱然倒下，憑他的武功，蝙蝠縱然不死，也必負傷。

對於蕭七的斷腸劍他們都有莫大的信心。

刀與劍蓄勢待發，人就像是拉緊了的弓弦！

汗落更多！

◇◇

「錚錚」聲剎那突斷，劍影一收，兩條人影倒錯掠過！

右邊是蕭七，一掠丈半，劍垂下，劍尖在滴血，他的臉上在滴汗。

只是汗而已。

蝙蝠掠向左邊，左手一抄，摟住了一條樹幹，劍插入地上。

血從他的小腹奔流，濺紅了地面，他終於開口道：「斷腸劍果然名不虛傳！」

這竟然是女人的聲音。

蕭七應聲一怔，雷迅、韓生亦呆住在那裡，蝙蝠無神的眼睛仰望夜空，接道：

「你也莫怪我，我實在已盡了力了……」

語聲未已，他已貼著樹幹倒下，「崩」一聲，支地的劍已斷折。

他的臉皮已被樹皮擦去，臉之下還有臉，一張女人的臉。

這張臉對蕭七三人也並不陌生。

雷迅目光一落，脫口道：「辛五娘！」

那正是司馬中原的師妹，卻甘心為婢，侍候司馬東城的辛五娘。

韓生走前兩步，道：「怎會是她？」

雷迅皺眉道：「我明白了，這個老婆子是要攔阻我們到天龍古剎去。」

韓生道：「那是說，司馬中原一定在天龍古剎。」

雷迅肯定的道：「一定！」他這才想起蕭七，忙奔了過去：「蕭兄弟——」

蕭七搖頭道：「沒甚麼。」

雷迅一擦額上的汗，大笑道：「我早就看出你的斷腸劍天下無敵。」

蕭七苦笑，道：「若不是與大姐交手在先，知道其中變化，現在倒下的縱然不是我，最多只怕也得回半條人命。」

雷迅道：「那個老婆了真的如此厲害？」

蕭七道：「大姐並沒有欺騙我們，她絕無疑問，是司馬中原的師妹。」

雷迅道：「為甚麼……」

韓生插口道：「這麼簡單的道理，大哥你難道也想不到？」

雷迅一怔，道：「你是說她對司馬中原乃一片癡心？」

韓生道：「若非如此，憑她的武功又怎會甘心在司馬家做一個下人？」

雷迅沉吟道：「這想來不無道理，若是事實，司馬中原也未免太狠心了。」

韓生道：「感情這種東西有時是勉強不得的，司馬中原若是喜歡她，也不會讓她等到現在。」

雷迅若有所感，嘆息道：「不錯。」

轉向蕭七道：「蕭兄弟，我們現在看來得加快趕去天龍古剎。」

蕭七道：「司馬中原相信還沒有這麼快離開天龍古剎，但為防萬一，當然是趕快的好。」

語聲一落，身形一動，掠回坐騎。

韓生、雷迅亦慌忙上馬，喝叱聲中，三騎又向前奔出。

這裡距離天龍古剎已沒有多遠。

◇◇

黑暗中突然出現了一圈光芒。

碧綠色的光芒，來自一盞玻璃燈，從室頂上垂下來。

燈光不怎樣明亮，但已經足夠。

黑暗在燈光中消失，那些木刻的女人的頭顱，乳房，腳，屁股在燈光中出現。

每一樣看來都是那麼的完整，只有那些乳房，部份已毀壞。

那是在蕭七他們離開的時候，毀於雷迅的刀下。

滿嵌乳房的那一面牆壁，正就是秘道的出口所在。

暗門這時候已經打開，蝙蝠正站在暗門之外。

燈光斜照在他的臉上，那面上有笑容，白痴一樣的笑容。

這蝙蝠絕無疑問，是荒草叢中走在後面，卻當先步入秘道的那一個。

他的動作雖然已不再那麼生硬，卻說不出的怪異，癡笑著走入那個密室。

然後反手將暗門關上。

這種動作他顯然已重複多次，已變得純熟，然後，他的手就撫在那些乳房之上。

那是一個已只得半邊的乳房。

蝙蝠卻顯然在手接觸之後才發覺，那剎那，他明顯的一呆。

他的一雙手旋即往旁邊摸去，摸到了其他的乳房，有的完整，有的已經被削掉。

他面上的神色跟著發生了很大的變化，每一分每一寸的肌肉都顫動起來。

這是一種極其悲憤的表現，也是一種非常正常的表現。一個白痴應該不會露出這種表情來。

他的一雙手跟著亦起了顫抖，繼續摸索。

由始至終，他都是用他的一雙手摸索，這個人絕無疑問是一個瞎子。

那應該就是真正的無翼蝙蝠了。

他的一雙手終於摸索到那個破洞，然後他就叫了起來。

叫得很突然：「弄錯了，不是在這邊，用不著將它們毀壞！」

一個聲音即時道：「那是在哪邊，應該怎樣做？」

聲音從破洞外傳進來。

破洞外站著第二個蝙蝠，一雙手都已按在刀柄上。

蝙蝠刀！

那個蝙蝠的腰帶上一共懸著三柄蝙蝠刀之多，絕無疑問，他就是殺王無邪，殺秋菊的那一個蝙蝠。

假無翼蝙蝠。

真蝙蝠應聲面上露出了惶急之色，連聲道：「在，在……」突然轉身向那面嵌滿了女人頭顱的牆奔去。

這座奇怪的密室原就是他畢生心血所在，那些雕刻，無一是隨便雕成。

所以對於這座奇怪的密室，他的印象應該是非常深刻。

非人間一場惡戰，他被擊成重傷，連記憶也都喪失，變成了白痴無異，但經過十年靜養，再加上司馬中原的開導，記憶已逐漸恢復，很多重要的事情，都已經能夠記憶起來。這就是為甚麼在雕刻雷鳳的裸像的時候，他能夠說出黑牡丹，白芙蓉，勞紫霞這三個名字。

所以他的雙手觸摸到那些破爛的乳房的剎那，一種難言的悲痛就像是錐子一樣鑽進他的心深處！

那剎那，他想起了很多的事情！

——我知道你們毀壞我的那些東西目的在甚麼，可是你們要找的東西並不在那些乳房之內，不要亂來了，我告訴你們！

然後他就得浮起這樣的念頭，大聲叫出來！

他寧可獻出他珍藏的所有財寶，也不願他的心血雕刻被毀。

這種異常的反應，就連假蝙蝠也覺得意外，他怎也想不到這種破壞反而能刺激起蝙蝠的記憶來。

蝙蝠那敵國的財富也竟就真的藏在這個密室內，亦是他意料不及。

七年前他已經找到這個密室，在這七年之內他已經找得很徹底。

可是他並沒有任何發現。

那剎那之間，他一些喜悅的感覺也沒有，反而感覺到一種莫名的悲哀，接而就是一陣憤怒！

——該死的蝙蝠，到底將東西藏在哪裡？

蝙蝠一直奔到那一滿嵌頭顱的牆壁面前，手觸及其中的一個頭顱的剎那，就停下腳步，然後他雙手捧著那個女人頭顱的面頰，憐惜的撫摸了一會，左一搖，右一轉，

「格」的一聲異響，那個女人頭顱，就給他從牆上捧出來。

他雙手捧著那個頭顱，左右一旋，又是「格」的一聲，那個頭顱就前後分成了兩邊，一串發亮的東西從中跌了出來。

那個頭顱之中赫然是空的。

蝙蝠很自然的把手一抄，正好將那串發亮的東西抓住。

然後他笑道：「喏，就是在這些人頭之內！」

語聲未已，那個假蝙蝠已來到他面前，雙手卻握住了蝙蝠刀！

蝙蝠會不會所有記憶都同時恢復過來，突然向他出手，就連他也不敢肯定。

但蝙蝠若是有任何異動，他的蝙蝠刀都絕無疑問可以迅速斬出去，也絕對有信心將蝙蝠立刻斬殺在上！

他是一個很小心的人，所以才能夠活到現在。

蝙蝠對於假蝙蝠的一切動作顯然都無動於衷，笑得就像是白痴一樣。

他手揚著那串發亮的東西，接道：「這是串珍珠——」

那的確是一串珍珠，每一顆都大得很，二十四顆同樣大小的珍珠連成了一串。

燈光雖則微弱，那串珍珠仍然浮現出一抹極柔和，極動人的光芒。

像這樣輝煌的一串珍珠，價值自然是難以估計。

假蝙蝠的右眼立時發了光，卻只是右眼而已，沉聲喝道：「拿來！」

蝙蝠雙手立時將珍珠捧上！

兩道匹練也似的刀光旋即出現，假蝙蝠雙刀出鞘，一齊斬出去！

蝙蝠若有所覺，雙手一縮，這動作並不夠快，在假蝙蝠的刀勢下，顯得倉促。

刀光暴閃，血光崩現，蝙蝠雙腕齊斷，連著那一串珍珠飛起！

他慘呼，暴退，後面是牆壁，一撞之下，他的身子不由向前一栽！

假蝙蝠雙刀一挑一轉又削出，剪子一樣地剪飛了蝙蝠的頭顱！

驚呼聲與那個頭顱一齊飛，飛上半空！

無頭的屍身打了一個旋子，疾倒了下去。

假蝙蝠雙刀同時往地上一插，一抬手，正好將半空掉下來那串珍珠接住。

他右眼目光更光，嘆息道：「好美的一串珍珠。」

反覆再三細看，他才將那串珍珠放入懷中，目光轉落在那雙斷手上。

他笑道：「這不是翼是一雙爪子。」目光再一轉，落向蝙蝠的頭顱，接笑道：「爪子也好，翼也好，無翼仍能活，無頭卻非獨人，就是真的蝙蝠也一樣活不了。」

蝙蝠當然不能夠再回答。

假蝙蝠亦再無說話，雙手一伸，捧住了第二個女人頭顱，就像蝙蝠那樣左一搖右一轉。

「格」的那個頭顱果然給他捧出來，他雙手接著那個頭顱左右一旋，又是「格」的一聲，那個頭顱前後分成了兩邊，一蓬碧光旋即照亮了他的臉龐。

藏在那個頭顱之內的，是一條透水綠玉雕成的吐珠龍。

雕刻精巧，栩栩如生，龍鱗片片可數，吐的竟然是一顆夜明珠。

那顆夜明珠纏在兩條龍鬚中，碧芒四射，那條玉龍亦因此發了光。

好像那麼大塊的透水綠玉已經罕有，再加上那顆夜明珠，價值又是何等驚人。

嵌在牆壁上那些女人頭顱數以百計，若是每一個之內，都藏著這樣的一樣寶物，那價值，簡直就匪夷所思。

傳說中，蝙蝠富可敵國，現在看來這顯然就是事實。

假蝙蝠小心翼翼的將那條玉龍在地上放好，才再站起來。

他的目光落在那些女人頭顱上，一時間真有不知從何下手之感。

左看看，右看看，他嘆了一口氣，忽然罵道：「他媽的蝙蝠，真不知道他哪裡弄來這許多寶貝。」

然後他就怔住在那裡。

他是在考慮怎樣處置這些財寶。

雖則沒有動，他的目光卻不停在閃動，突然大笑了起來。

笑得很開心。

這笑聲又突然停下。

他同時轉身，盯著嵌滿乳房的那面牆壁。

那扇已被砍開一個大洞的暗門亦同時裂開，碎成了百數十片。

三個人在碎片飛舞中出現。

當中是蕭七，左是雷迅，右是韓生。

蕭七面寒如水，雷迅、韓生面色鐵青，眼瞳卻彷彿有火焰正在燃燒。

日光劍一樣交擊在半空，整座密室忽然陷入一種難以言喻的肅殺中。

假蝙蝠第一個開口，道：「蕭七！」

蕭七尚未回答，雷迅已搶先喝道：「司馬中原！」

假蝙蝠冷笑道：「你知道我是司馬中原？」

雷迅道：「沒有第二個了，你好歹也是一個有頭有面的人，幹甚麼到現在還戴著蝙蝠的面具！」

假蝙蝠又一聲冷笑，反手往頜下一抓一掀，撕下了一張人皮面具。

面具後也是一樣蒼老的臉龐，卻是一面正氣，只看這張臉，只怕很少人會相信這不是一個好人。

因為一面正氣之外，神態還很慈祥，只是面色稍嫌蒼白。

蕭七並不認識這個老人，韓生、雷迅也是陌生得很。

他們都覺得這個老人與司馬東城有些相似。

老人接說道：「不錯！我就是司馬中原！」

雷迅道：「你本是名俠。」

司馬中原道：「名俠也是人！」

雷迅道：「所以為了得到蝙蝠的藏珍，你不擇手段！」

司馬中原道：「很多人豈非都是如此！」

蕭七插口道：「非人間一戰，前輩是否就為了大姐？」

司馬中原道：「你仍叫東城大姐？」

蕭七道：「改不了。」

司馬中原這才回答道：「不錯，就是為了東城，蝙蝠給東城的恥辱，令她抱憾終生，殺蝙蝠，我責無旁貨！」

蕭七道：「其他人也是。」

司中原道：「也是——我們原準備當場擊殺蝙蝠，但在他變成白痴之後，卻改變主意。」

蕭七道：「生還的都是與你一樣心意？」

「一樣！」

蕭七道：「他們現在呢？」

司馬中原道：「都死了，死在我手下——縱然是敵國的財富，也總是一個人獨享的好，對不對！」

蕭七道：「在你來說，當然是對的。」

司馬中原道：「東城也沒有反對，她原是打算財寶到手之後，痛痛快快幹一番事業，她是怎樣的一種心情，相信你也會明白。」

蕭七無言點頭。

雷迅道：「蝙蝠那樣對你的女兒，害到你的那個女兒變成怎樣，你是很清楚了，為甚麼你還要以同樣手段，加諸於他人身上？」

司馬中原道：「你是說你的女兒雷鳳？」

雷迅咬牙切齒的道：「不錯！」

司馬中原道：「這十年以來，我一心要蝙蝠恢復記憶，希望他就說出藏寶何處，或最低限度，也可記起一點線索，結果卻都無效，最後才用他當年擄劫東城的同樣手段，寄望能夠激起他的記憶。這我得承認，是沒有辦法之中的辦法，我在多年前，已有了這個念頭，到多年之後才用，亦實在迫不得已。」

雷迅冷笑道：「好一個迫不得已。」

韓生接口道：「這只是一個藉口，沒有比這四個字更不負責任，更卑鄙的藉口了。」

雷迅道：「可不是！」

司馬中原道：「雷鳳可不是我殺死的。」

雷迅怒道：「你還待將責任推到誰人身上，蝙蝠？」

「正是蝙蝠！」

雷迅道：「死無對證，你倒是推得一乾二淨。」

司馬中原道：「閣下以為我會有這個必要？」

雷迅一怔，蕭七接問道：「那到底是怎麼一回事？」

司馬中原道：「蝙蝠在完成雷鳳的雕像之後，只憶起勞紫霞，黑牡丹，白芙蓉三個名字，我一急之下，以離開他來要脅！」

蕭七聽不懂，司馬中原看得出，接著解釋：「我當時的身分乃是蝙蝠的魂魄，他深信他之所以甚麼也想不起來，完全是因為魂魄已離體，一急之下，人就像要瘋了！」

一頓接說道：「雷鳳也就在當時掙扎起來，蝙蝠在失魂落魄之下，聽覺仍然敏銳，瘋狂揮刀，就將她分屍，分屍這種工作他當然也很純熟，這種舉動卻是完全在我意料之外，要搶救已經來不及！」

雷迅恨恨的道：「就是這樣？」

司馬中原道：「說句良心話，這件事我也非常遺憾，良心很過意不去。」

雷迅冷笑道：「你也有良心？」

司馬中原道：「無論你相信與否，我都不在乎，而無論怎樣，事情都因我而發生，我當然都得負責。」

蕭七道：「既然如此，你當然無須欺騙我們。」

司馬中原道：「事情到這個地步，說真話假話結果都是一樣，又何必多費心思。」

蕭七接問道：「鎮遠鏢局的一夥，勞紫霞一家，還有秋菊，當然都是你殺死的。」

司馬中原連連點頭道：「事情原該秘密進行，殺人滅口，在所難免，至於勞紫霞，她卻看出我是冒充的，當然亦非死不可。」

他左手往左眼下一按，左眼珠便彈出來，卻隨給他拇食指揑個正著，道：「我這隻左眼就是毀在蝙蝠手上，不過我的右眼卻仍然有生命，勞紫霞就是發現了這一點，迫問她蝙蝠刀所在的時候，我也實在太接近她了。」

蕭七嘆息道：「她亦是為蝙蝠所害，對於蝙蝠自然就印象深刻。」

司馬中原反問道：「你既然知道秋菊已死，當然已到過司馬山莊？」

蕭七道：「我們原是準備問大姐一個清楚明白。」

司馬中原道：「為甚麼突然有這一個念頭？」

蕭七道：「王無邪臨終的三個字——是假的！」

司馬中原咒詛道：「該死！我原該將他的咽喉割斷！」

蕭七道：「王無邪一生為惡，臨終總算做了一件好事。」

司馬中原頓足長嘆：「天意！」

「天網恢恢，疏而不漏！」

「也許就是了。」司馬中原沉聲接問道：「東城她怎樣？」

「已死在我斷腸劍下！」蕭七神色黯然。

司馬中原面色一變，道：「好一個蕭七，好一副狠心腸！」

蕭七長嘆：「生死之間，別無選擇！」

一頓接說道：「還有辛五娘——她在古道上，原是攔阻我們向這邊走來。」

司馬中原無語。

蕭七道：「她臨終有一句話——她說她實在已經盡了她的能力！」

司馬中原仍然不作聲，面色更難看。

蕭七接道：「這是事實！」

司馬中原盯著蕭七，道：「東城一直說你是一個聰明人，事實證明，她並沒有走眼，反而我卻是一而再估計錯誤。這一次，就是壞在你手上，亦咎由自取，怨不得別人！」

蕭七嘆息道：「大姐也是一個聰明人，若非她手下留情，我們早已死在竹林中。」

司馬中原道：「東城唯一的缺點是心腸太軟，所以難成大事，而且壞事。」

司馬中原目光一寒，道：「聽她說你的斷腸七式已經有無情子的十分火候。」

蕭七道：「家師武功，蕭七得不過十之七八。」

司馬中原道：「在我面前你無須謙虛，無論怎樣，今日一戰，不是你死，就是我亡！」

雷迅厲聲道：「還有我們兄弟倆——」

司馬中原笑截道：「你們又算得甚麼？」

雷迅刀已在手，聞言振刀，嗆啷啷刀環一連串暴響，韓生銀劍三指司馬中原！

兩人忍無可忍都準備決一死戰。

司馬中原笑接道：「不過你們立心要送死，我也無所謂，一定會成全你們！」

雷迅斷喝道：「少廢話！」

司馬中原道：「只還有一句而已。」

雷迅又斷喝：「說！」

司馬中原道：「你們準備群毆還是一個個的來？」

雷迅道：「對付你這種人，說甚麼江湖規矩！」

司馬中原大笑道：「好！」

笑語聲未已，雷迅人刀已衝上，金刀連環十八斬！

銀劍接展，韓生人劍如飛虹，急射司馬中原！

蕭七也動了，後發先至，斷腸劍刺向司馬中原的胸腹！

司馬中原又是一聲：「好！」雙手拔刀，雙刀雙舞，接下了攻來的兩劍一刀！

叮叮噹噹金鐵交擊聲不絕，司馬中原避中宮，走偏鋒，右刀拒斷腸劍，左刀斜迎銀劍！

噹一聲，他的刀竟然被韓生銀劍挑飛！

就連韓生也想不到自己一劍竟然有如此威力，不由得一怔！

蕭七即時大喝道：「小心！」

這一聲「小心」尚未入耳，司馬中原騰出來的左手已搶入空間，即在韓生的胸膛之上！

「卜」一聲如中敗革，韓生卻大叫一聲，整個人倒飛出去，鮮血接從口中噴出，灑下了一道奪目的飛虹！

他胸前的衣衫那剎那突然片片碎裂，出現了一個掌印！

蕭七目光及處，脫口道：「密宗大手印！」

那剎那之間，他已經一連刺出七七四十九劍，但都被司馬中原的蝙蝠刀封住！

司馬中原左掌一印即收，拔出了腰間第三柄蝙蝠刀，雙刀再飛舞！

韓生倒飛丈八，倒仆地上，一挺身又倒下，那張臉已漲成血紅，口吐鮮血不已！

他雖然仍有氣，但已經身受重傷，無力再戰！

雷迅看在眼中，急怒交雜，金刀勢如奔電，呼嘯斬下！

蕭七斷腸劍勢亦不絕！

司馬中原一面應付，一面笑道：「兩個比三個好應付多了！」

雷迅怒道：「詭計傷人，不是好漢！」

司馬中原大笑道：「兵不厭詐，這個道理你就是不懂！」

雷迅咆哮揮刀，接連百一十四刀，排山倒海一樣湧上前去！

司馬中原右距劍，左距刀，身形變化極盡迅速，百招一過，已脫出斷腸劍之外，雙刀齊出，襲向雷迅！

雷迅寧死不退，一刀力拒雙刀！

蕭七立即又追上！

司馬中原攻向雷迅雙刀鑽回一刀，猛一抖，刀鋒竟脫出了刀柄，疾向雷迅射去！

這一著又是出人意料之外，相距既近，雷迅閃避不及，驚呼未絕，刀尖已入胸！入胸盈尺，穿透心胸，雷迅整個身子亦被撞退半丈，抱刀倒地，氣絕當場！

司馬中原手一抖，擲去刀柄，笑接道：「那柄蝙蝠刀已不知多少次被我拆開又嵌回，想不到現在當暗器使用，竟能夠一擊致命！」

蕭七搶救不及，眼睛都紅了，斷腸劍一式接一式展開！

司馬中原從容的接下，又說道：「一個當然就比兩個更容易應付！」

說話回刀急攻，他刀用劍式，但與劍同樣靈活！

蕭七沉著應付！

司馬中原內力在蕭七之上，劍勢身形變化的迅速亦在蕭七之上，著著搶攻，步步緊迫！

蕭七劍勢的靈活，卻猶勝司馬中原。

前輩名人論劍法，無情子斷腸七式名列第一，司馬家追命三劍只列第三！

但蕭七的年紀無疑仍輕，論經驗，實在遠不如司馬中原這個老江湖！

司馬中原交手幾招已看出敵我優劣，盡量發揮自己的優點，消耗蕭七的內力。

蕭七當然看得出司馬中原的意圖，避重就輕，連退丈半，背後已抵著牆壁。

那面嵌滿了屁股的牆壁。

他背後不舒服之極，那些屁股到底都是木刻的。

司馬中原刀勢不絕，繼續迫殺！

蕭七力接十五刀，突喝一聲，「斷！」他斷腸七式首二式迅速的展開！

第一式力封司馬中原的蝙蝠刀，第二式反刺司馬中原胸腹！

司馬中原應聲：「斷不了！」沉刀封開，追命三劍接展！

一蓬寒芒在他身外迸開，他人刀拔起，凌空疾斬了下來。

蕭七在今夜這已是第三次接司馬家的追命三劍，正所謂駕輕就熟，司馬中原一劍雖然更凌厲，但刀作劍用，威力亦打了一個折扣！

蕭七仍然以斷腸七式的第一式破了司馬中原的追命第一式！

刀網接撤下，這是追命第二式！

蕭七三式破一式！

第三式接至，蕭七有經驗在前，劍一挑，封住了咽喉要害！

「叮」一聲，刀果然是向咽喉切來，立即被劍封開去，蕭七把握這機會，斷腸七式最後三式同時施展開！

哪知道就在這剎那，司馬中原靜止的刀勢突然又一變！

一變七刀分從七個不同的方向斬至，蕭七的三式被六刀斬開，還有一刀便斬入空門！

裂帛一聲，一道血口從蕭七的胸膛裂向咽喉，入內雖不過一分，但劃至咽喉，必定可以將蕭七的咽喉削斷！

好一個蕭七，倉猝間鐵板橋急展，讓開了咽喉要害！

刀勢竟未絕，接連又三刀！

蕭七身形已偏末，但仍然再吃兩刀，一在肩，一在腰，鮮血淋漓！

司馬中原大笑道：「司馬家追命劍在十年之前只三式，現在已增添二式，一共是

五式，東城未得我傳授，只因我無暇理會這件事情，想不到反而有好處！」說話間他並沒有進迫。

蕭七仍倒退一步。

司馬中原接說道：「方才是第四式，追不到你的命是你的本領，這第五式若是也無效，司馬某甘拜下風！」

語聲一落，蝙蝠刀橫舉，刀尖指向蕭七咽喉！

蕭七劍尖斜指著地面，斷腸七式最後一式蓄勢待發！

司馬中原笑容一歛，刀光大盛，喝叱聲中，橫刀疾斬了出去！

斬出去的時候只一刀，斬到一半，一刀已變成十四刀！

蕭七看不透刀勢，但終已退無可退，非接一刀不可！

他的劍立時迎前！

激厲的刀風迫得他連呼吸都有些困難，他的眼神亦已為刀光擾亂！

可是他的劍仍然有去無回！

也就是這電光石火之間，嚴密的刀勢，突然崩潰，司馬中原發出了一聲驚呼。

他眼中只有蕭七，一心將蕭七斬殺刀下，冷不防倒在地上的韓生突然滾過來，雙手抱住了他的雙腳！

刀勢一觸即發，內力也是，那剎那之間，韓生混身骨骼栗子般一陣亂響，盡被震斷，當場斃命。

司馬中原的刀勢同時崩潰，蕭七的劍勢乘虛而入！

司馬中原瞥見了劍光，卻有心無力，小腹接一陣刺痛！

他垂頭望去，就看見一股血瀑從小腹疾射了出來！

雖然看不到，他卻已知道自己的腸已斷！

僅餘的氣力亦消滅。

「好！斷腸劍！」他的語聲亦嘶啞。

蕭七的劍在滴血，道：「我雖然刺了你一劍，但不能不承認實在接不下你的追命第五式！」

司馬中原傲應道：「當然！」

蕭七嘆息道：「閣下原是江湖上的名俠，武道中的奇才……」

司馬中原大笑道：「現在還說這些廢話幹甚麼！」

笑語聲中鮮血從他的嘴角不住淌下，他的身子亦已搖晃不定，但仍繼續說道：

「幸好我死前都找了兩人作伴，也不算太吃虧。」

蕭七沒有話說。

司馬中原接說道：「可恨的是遠在天邊，近在眼前，在這個魔室七年，我竟然沒有發現藏珍秘密。」

他咒詛罵道：「該死的蝙蝠，待會兒下到地獄，我再跟他算清這個賬！」

蕭七搖頭嘆息，眼前這個人財迷心竅，實在已到了無可救藥的地步。

司馬中原接又道：「你們難道不可以遲來一些？那最低限度，也讓我有機會看盡蝙蝠的藏珍！」

他的語聲更微弱，更嘶啞，道：「這是我畢生最遺憾的一件事情……」

語聲到最後，已幾不可聞，「砰」一聲，他終於倒仆在地上。

血仍然奔流。

蕭七劍上的血卻已滴盡，他彈劍作龍吟，忽然發出了一聲長嘆。

他雖然終於揭破了無翼蝙蝠的秘密，但他的朋友，亦一個個死在他之前。

這終究是一個悲慘的結局。

像這種不幸的事情他實在已不想再遇上，因為一件都已經實在太多。

劍入鞘，他終於感覺疲倦。

一種由心的疲倦，就像是毒藥一樣發作。

他無言盤膝坐下，只是想著一件事。

——天總該亮了。

魔室中沒有晝夜。

室外有，霧氣雖仍重，曙光已經在東天出現。

長夜已經消逝。

《無翼蝙蝠》全書完

古龍集外集 8

驚魂六記之 無翼蝙蝠（下）

作者：古龍 / 創意　黃鷹 / 執筆
發行人：陳曉林
出版所：風雲時代出版股份有限公司
地址：10576台北市民生東路五段178號7樓之3
電話：(02) 2756-0949　傳真：(02) 2765-3799
封面原圖：明人出警圖（原圖為國立故宮博物館典藏）
封面影像處理：許惠芳
執行主編：劉宇青
行銷企劃：林安莉
業務總監：張瑋鳳
出版日期：2022年8月
ISBN ：978-626-7153-02-4

風雲書網：http://www.eastbooks.com.tw
官方部落格：http://eastbooks.pixnet.net/blog
Facebook：http://www.facebook.com/h7560949
E-mail：h7560949@ms15.hinet.net
劃撥帳號：12043291
戶名：風雲時代出版股份有限公司

風雲發行所：33373桃園市龜山區公西村2鄰復興街304巷96號
電話：(03) 318-1378　傳真：(03) 318-1378
法律顧問：永然法律事務所 李永然律師
北辰著作權事務所 蕭雄淋律師

行政院新聞局局版台業字第3595號 營利事業統一編號22759935

定價：240元　

國家圖書館出版品預行編目資料

無翼蝙蝠／古龍創意；黃鷹執筆. -- 二版.-- 臺北市：風雲時代, 2022.06
冊； 公分.
ISBN: 978-626-7153-01-7（上冊：平裝）
ISBN: 978-626-7153-02-4（下冊：平裝）

857.9　111006220